Qué bien me haces
cuando me haces bien

Albert Espinosa (Barcelona, 1973). Actor, director, guionista e ingeniero industrial. Es creador de las películas *Planta 4.ª*, *Va a ser que nadie es perfect*o, *Tu vida en 65', No me pidas que te bese porque te besaré* y *Live is life*. Asimismo, es creador y guionista de la serie *Pulseras rojas*, basada en su libro *El mundo amarillo* y en su lucha contra el cáncer, y de la serie *Los espabilados*, inspirada en su libro *Lo que te diré cuando te vuelva a ver*.

El total de su obra literaria se ha publicado en más de 40 países con más de 2.500.000 ejemplares vendidos en todo el mundo.

Para más información, visita la página web del autor:
www.albertespinosa.com

También puedes seguir a Albert Espinosa en Facebook, X e Instagram:

 Albert Espinosa
 @espinosa_albert
 @albertespinosapuig

ALBERT ESPINOSA

Qué bien me haces
cuando me haces bien

DEBOLS!LLO

Papel certificado por el Forest Stewardship Council®

Primera edición en Debolsillo: febrero de 2024

© 2023, Albert Espinosa Puig
© 2023, 2024, Penguin Random House Grupo Editorial, S. A. U.
Travessera de Gràcia, 47-49. 08021 Barcelona
© 2023, Verónica Navarro Castillo, por las ilustraciones
Diseño de la cubierta: Penguin Random House Grupo Editorial / Yolanda Artola

Printed in Spain – Impreso en España

ISBN: 978-84-663-7500-9
Depósito legal: B-20.286-2023

Compuesto en Comptex & Ass., S. L.
Impreso en Gómez Aparicio, S. L.
Casarrubuelos (Madrid)

P 3 7 5 0 0 9

La vida es una aventura.
Si estás en ese instante en que
se ha convertido en una rutina,
es porque tu niño interior
se ha suicidado.
Devuélvelo a la vida

No hay una segunda oportunidad
para una primera impresión.

OSCAR WILDE

Índice

Prólogo

Qué bien me haces cuando me haces bien (2023) es mi tercer libro de relatos cortos tras *Finales que merecen una historia* (2018) y *Si nos enseñaran a perder, ganaríamos siempre* (2020). Es el final de esta trilogía de relatos que no dejan de ser cuentos para curar el alma. Ojalá un día saquemos estos tres libros medicinales en un bello cofre. Mi objetivo al escribirlos es entretener y que gocéis con unas historias que, por una razón u otra, han preferido residir en pocas páginas.

En total, después de los veintidós relatos de este libro, habré escrito sesenta y un cuentos cortos. No creo que escriba un cuarto libro de relatos breves. Esta selección ya me parece muy bella y resume el mundo que me entusiasma y a los personajes que me apasionan. He releído los otros dos libros antes de escribir este y he visto que alguno de sus protagonistas vuelve a aparecer en otras situaciones y su vida ha mejorado de manera notable.

Finales que merecen una historia era una idea que me rondaba desde los veinte años: encontraba finales muy emocionantes y sorprendentes, y los amaba tanto que tenía que construirles historias para que vivieran. Nunca pensé en publicar esos finales ni esas historias. Era como un ejercicio privado y pasional, pero un día necesité compartirlos. En este primer libro de relatos hay historias que me han acompañado durante décadas. Siempre aparecían en mis libretas porque amaba esos finales, pero, por una razón u otra, nunca les había encontrado cabida en forma de series, películas o libros, y os puedo asegurar que no hay nada más triste que dejar una idea huérfana en una libreta.

Si nos enseñaran a perder, ganaríamos siempre nació justo antes de que llegase el COVID. Lo acabé un mes antes de que empezara el confinamiento, pero luego vi que casualmente tenía mucho que ver con la pandemia, aunque no escribiese nada en esa época. Eran historias sobre perdedores que ganaban, personas que habían aprendido a extraer la ganancia de la pérdida. Y, si lo logras, puedes llegar a ser muy feliz en este mundo, porque ser feliz cuando vences no tiene excesivo mérito.

Qué bien me haces cuando me haces bien recoge mis historias más personales porque muchas veces son las que más tardas en mostrar a tu público. Darlas es como ceder parte de tus recuerdos, y siempre me he resistido a compartir mi intimidad. Así que con este tercer volumen de cuentos me conoceréis mucho más que con los once libros anteriores.

He incluido, como en los otros dos, citas de mis libros, las que aparecen en la contraportada y mi preferida de cada uno de ellos. Creo que esas frases resumen bastante bien de qué van, y quizá os apetezca releerlos o leerlos por primera vez.

También he decidido añadir más películas con soplo y contaros cuál es mi secuencia soplo favorita, que me emociona y en la que viviría el resto de mi vida en cada uno de esos films.

En *Estaba preparado para todo menos para ti* os hablé de esas veintitrés películas que, cuando las veo, me insuflan felicidad y ganas de vivir. Aquí os añado alguna más y os explico por qué me gusta tanto alguna de las secuencias que la integran. Espero que os entren ganas de verlas y que las gocéis tanto como yo. Aquí tenéis un verdadero vendaval de films.

Como siempre, los bellos dibujos son obras de arte de mi amiga Vero Navarro, diseños tan cinéfilos como en los dos libros anteriores. Siempre es un placer trabajar junto a alguien con tanto talento y que tiene esa forma única de resumir mi mundo en una imagen.

En el primer libro de relatos transformamos los cuentos en pósteres de cine; en el segundo, en fotogramas de celuloide, y en este tercero son fotocromos de esos que antes se colgaban en la entrada de los cines y que muchos coleccionábamos.

Y es que siempre he visto cada una de esas sesenta y una historias como pequeñas películas de cine, y creo que los dibujos que cierran cada relato pueden ayudaros a imaginar cómo serían los personajes si los adaptásemos a la gran pantalla.

También os quiero decir que para marzo del año que viene transformaré mis dos cuentos preferidos de los sesenta y uno y los convertiré en una novela.

Pero realmente habrá muchos cambios, será como un *remake*, y es que cuando los escribí ya me di cuenta de que merecían más espacio y no hay noche que ellos no me susurren que quieren vivir en más páginas.

Os quiero, lectores míos. Espero que disfrutéis mucho con estos relatos y que algún día me escribáis para contarme cuál es vuestro favorito.

ALBERT ESPINOSA
Barcelona, marzo de 2023

QUÉ BIEN ME HACES CUANDO ME HACES BIEN

NADA SUCEDE
DOS VECES

ALBERT ESPINOSA

«HAY UN DÍA EN LA VIDA
EN QUE DEBES DECIDIR SI DESEAS TENER
LA RAZÓN O LA TRANQUILIDAD».

LO MEJOR DE IR ES VOLVER

—

«OH, CAPITÁN, MI CAPITÁN».

EL CLUB DE LOS POETAS MUERTOS
(ESCRITA POR TOM SCHULMAN)

Esa maravillosa escena final siempre me emociona y no puedo parar de llorar, quizá en parte por la muerte temprana de Robin Williams o porque todo está tan bien construido que te lleva a amar ese instante de rebeldía espontánea ante el poder desmesurado. Ojalá todo el mundo pudiera ver esta maravillosa película en su adolescencia y tuviese un profesor capitán que te cambiara la vida y te ofreciera la oportunidad de decidir tu rumbo con libertad.

Jugaba en un equipo cadete de fútbol. Vivía con otros jugadores en una residencia para jóvenes futbolistas y, sobre todo, tenía mucho miedo de fracasar. Cuando volvía a su pueblo, todos pensaban que era un héroe. Sólo tenía quince años, pero todo el mundo confiaba en que llegaría a jugar en la élite.

Llevaba mucho peso a sus espaldas, pero intentaba sonreír y hacerse fotos con cualquiera que se lo pidiese. Era duro: sabía que a finales de mayo de aquel año decidirían qué jugadores continuarían, pasarían a la categoría de juvenil y firmarían su primer contrato profesional. Hasta los dieciséis años no cobraban nada. Estaba ansioso por mostrar económicamente cuánto valían sus cualidades futbolísticas.

Había luchado por ese sueño durante muchos años

y le daba pavor decepcionar a sus padres, a sus amigos y a todos los que esperaban que llevara por todo el mundo el nombre de aquel pequeño lugar donde nació.

Amaba tanto desde pequeño jugar al fútbol…, pero con el tiempo el balón se había acabado convirtiendo en una auténtica obsesión. Todo giraba alrededor de él. Los chicos con los que compartía equipo eran como sus hermanos del cuero. A su familia no la veía más que en verano. Muchas veces se sentía tan solo… No tenía más que ocho años cuando llegó a aquella residencia. Los primeros meses se acostumbró a llorar en silencio en su habitación para que nadie pensara que era débil.

Había estado en todas las categorías: prebenjamín, benjamín, alevín, infantil y cadete. Se había convertido en el máximo goleador de su generación y hasta portó el brazalete de capitán de su equipo una temporada. Todo a costa de mucho esfuerzo y muchas privaciones.

Pero aquel año, cuando todo iba sobre ruedas, le llegó la noticia que jamás hubiera esperado. Aquella tarde el director de la residencia le informó de que su madre había muerto. No se lo esperaba. Salió escopeteado de aquella residencia y comenzó a correr alrededor de los campos de entrenamiento que la rodeaban. Quería desfogarse y agotarse. Empezó solo, pero después todos sus hermanos del cuero se le unieron, ochenta chavales de la residencia dando vueltas alrededor de ese campo hasta las tantas de la noche. Todos seguían a su capitán, admiraban su lucha y comprendían su pena, porque aquella desgracia que le había pasado era lo que todos más temían que les ocurriera.

Dos horas más tarde el capitán cayó en el suelo muerto de cansancio. Todos le arroparon. No había metido un gol, pero le invadió ese mismo calor humano que cuando lo logras. Se sintió protegido gracias a esos abrazos de gol. Todo el mundo debería sentir esos abrazos una vez en la vida. No hay nada parecido en el mundo. Los abrazos son siempre cosa de pareja, pero los de gol se comparten hasta con diez personas y tienen un candor muy especial.

Aquel día lo tuvo claro: su madre sería la destinataria de todos sus goles. A partir de ese instante siempre los celebraría en su honor. Aún no sabía cómo lo haría, pero sería algo relacionado con sus rizos, sí, quizá movería los dedos creando el bello pelo ondulado de su madre. Tenía que reflexionar. Recordó que su ídolo, Messi, apuntaba al cielo en honor a la abuela que siempre confió en él. Le agradó pensar que compartían algo en común.

Durante lo que quedaba del año se esforzó todo lo que pudo, pero no le salieron las cosas. No metía goles, no lograba pases y acabó jugando de suplente unos cuantos partidos. El dolor por la pérdida de su madre lo había desequilibrado totalmente y no lograba concentrarse. Tampoco aprobaba nada en el colegio. Su representante le dio un toque de atención y le advirtió que, si no lograba remontar el vuelo, quizá tuvieran que romper su acuerdo.

Se esforzó mucho más, pero ni los rondos de los entrenamientos le salían bien, y eso que habían sido su gran especialidad.

Era como si odiase el fútbol. Se arrepentía de todo el tiempo que el balón le había robado a su madre. Le apasionaba el fútbol, pero no dejaba de pensar que le hubiera gustado ser un niño normal con una infancia típica, alguien a quien no le ocultaran la enfermedad de su madre para que no se desconcentrara, alguien que no tuviera agente, *sponsor* y asesor de redes desde los doce años, que no se sintiese durante toda su vida como un ternero al que fortalecen para un día traspasarlo a otros equipos.

No le gustaba ser un niño que cada mayo temiera que lo echaran. Nadie debería poder echarte de ningún sueño de tu infancia. Toda esa mezcla de rabia y dolor hacía que no consiguiera jugar bien.

El club le propuso ir al psicólogo para ver si aquello le ayudaba a superar ese bache deportivo. Aceptó, pero no le contó nada a aquel doctor; sabía que, si lo hacía, éste informaría a sus entrenadores.

Tenía que esforzarse más. Jamás llegaría a la élite si seguía pensando así. Intentó olvidar todos aquellos pensamientos negativos que le lastraban.

Pocas semanas antes de que llegase mayo, aquel tutor que le asesoraba sobre su vida escolar le confirmó que seguramente dejarían de contar con él. Se lo había escuchado decir a su entrenador. Se lo explicó de manera confidencial porque lo vio tan agobiado que quería darle tranquilidad.

No logró su objetivo, fue peor saberlo de antemano. Lloró mucho aquella noche en su habitación, pero intentó que sus compañeros de cuero no le oyeran.

Por la mañana supo lo que iba a hacer. Y encontró la repuesta: sabía que jamás echaban a los que estaban lesionados.

Estuvo un par de semanas pensando cuál era la mejor lesión para tener tiempo de superar todo aquello y volver a su nivel habitual. Lo tuvo claro: los cruzados.

Romperse los cruzados de la pierna es la peor lesión para un jugador. Casi ocho meses. Tiempo suficiente para superar la pérdida de su madre, pasar el duelo y recuperar su nivel de siempre. Pocos volvían a jugar después de rompérselos, pero sabía que lo lograría. Tenía que hacerlo por su madre, por su familia y por todos los que confiaban en él.

Tenía un hermano del cuero en el equipo contra el que se enfrentaban la siguiente semana. Se conocían desde los ocho años. Habían llorado juntos, compartido habitación…, pero a su compañero no le renovaron y se había marchado a otro equipo con menos categoría.

Estaban enamorados. Se dieron cuenta un día que pasó algo en aquella habitación que compartían, pero ambos adolescentes enseguida aceptaron que no podía ser; si no, jamás llegarían a la élite. Lo olvidaron y enterraron ese intenso sentimiento de mutuo acuerdo.

Él lo entendería y podría romperle los cruzados. Todos los jugadores saben cómo lesionar a otro. Conoces el dolor y sabes causarlo, convives con ese sentimiento desde pequeño, cada noche, y también con el insomnio. Es imposible pasar de la excitación de un entrenamiento al sueño sin la ayuda de algo químico.

Se lo pidió, y su hermano del cuero le comprendió al instante. Llegar a la élite era un sueño compartido, y supo que, si no lo hacía, le echarían ese mes de mayo. Además, su amigo había perdido a su madre y aún le amaba con locura. Si tenía que ayudarle rompiéndole los cruzados, lo haría.

Aquel domingo le hizo la entrada perfecta para

bloquear su pierna y, así, que él girara todo el cuerpo. Ambos escucharon el dolor de sus ligamentos cruzados al romperse. Los dos banquillos se levantaron al unísono porque comprendieron la gravedad de la lesión.

Enseguida supo que sus cruzados se habían roto completamente. Era fácil destrozar sus sueños. Estamos hechos de carne, pero nos comportamos como si fuéramos de hierro.

Y mientras chillaba de dolor en aquel campo, se sintió feliz. No le echarían aquel año, aunque sabía que seguramente jamás volvería a recuperarse y a jugar al nivel de antes.

Desde la muerte de su madre había perdido esa ilusión, pero ahora al menos tenía la excusa perfecta para mostrar al mundo que si no lo lograba era porque se había roto los cruzados, lo que le había impedido llegar a la élite. Nadie se lo echaría en cara. En su pueblo entenderían que no había logrado cumplir su sueño por mala suerte. Aunque se retorcía de dolor en aquel campo de fútbol, estaba feliz y pletórico. Los ligamentos de la pierna se habían roto, pero los suyos personales comenzaban a unirse.

Sabía que cuando se alejara del balón por fin podría ser todo lo que deseaba. Y es que nada sucede ni va a suceder dos veces, y él necesitaba que le pasaran muchas otras cosas en esta vida y no perderse ninguna.

QUÉ BIEN ME HACES CUANDO ME HACES BIEN

TE CUBRO
EL KARMA

ALBERT ESPINOSA

«LO IMPORTANTE EN ESTA VIDA
NO LO ENSEÑAN,
PERO CUANDO LO APRENDES,
NO LO OLVIDAS».

ESTABA PREPARADO PARA TODO MENOS PARA TI

———

«MI PADRE ES MI HÉROE».

HOOSIERS
(ESCRITA POR ANGELO PIZZO)

Esa bella escena en que el padre borracho se redime a los ojos de su hijo adolescente y se transforma en su héroe me toca el corazón, es como un soplo de aire fresco. Una increíble película sobre el poder de superación y las segundas oportunidades. Se puede lograr todo en esta vida si crees y lo creas.

Su padre no le dejó nada en el testamento. Todo fue para sus dos hermanos. Jamás lo entendió. Había sido igual de cabrón con él que sus hermanos, pero éstos le habían comido la oreja a su padre en los últimos días de su vida. La muerte no estaba clara, y él sospechaba que había sido asesinado de alguna forma por sus hermanos. Pero la autopsia no encontró veneno de ninguna clase.

Le dolía tanto…, sobre todo porque se sentía ninguneado e incomprendido. Era como si su padre le hubiera arrebatado su cariño póstumamente y aquellos objetos no otorgados lo representasen.

Odiaba a sus hermanos. Esperó un tiempo porque creía que el karma lo solucionaría. No podía imaginar que hicieran algo tan malvado y no tuvieran su castigo. Pero a veces el karma necesita de tu participación para devolverte lo que te han arrebatado.

Y tres años más tarde se presentó en la mansión familiar heredada que ambos hermanos compartían. Sacó una pistola y les obligó a que le diesen su parte del dinero, lo que le pertenecía, no quería más ni menos, y también uno de los cuadros más valiosos; había tres y tenían que habérselos repartido a partes iguales. Pero ellos no querían colaborar. Respondieron que era la voluntad de su padre. Aunque para él siempre fue la voluntad de sus hermanos; no le podían engañar.

Les apuntó con la pistola, les amenazó con dispararles, pero para ellos aquel dinero significaba más que sus propias vidas y se resistieron a decir la combinación de la caja fuerte donde estaba seguramente el dinero y los cuadros de más valor.

Tuvo que practicarles una tortura que jamás pensó que nadie se mereciera, y menos alguien de su propia sangre. El hermano mayor aceptó todo ese tormento sin decir una palabra, pero sabía que el pequeño siempre había sido más cobarde y resistía menos el dolor.

Al final tuvo que impartir más violencia de la deseada, pero logró su objetivo y obtuvo del pequeño la combinación de la caja fuerte. Cuando la abrió encontró más dinero del que jamás hubiera imaginado y seis cuadros valiosos en lugar de tres. Le habían engañado en todo.

Cogió la tercera parte exacta. Cuando se marchó de aquella casa sus hermanos seguían vivos, aunque muy malheridos. Al respirar el aire de la noche con lo que era suyo, lo tuvo claro: si no los mataba, irían a por él y se quedaría nuevamente sin nada. Los había cogido desprevenidos, pero nunca habían sido pacíficos y supo que su venganza sería terrible.

Así que volvió a entrar en la casa y los remató con un tiro en la cabeza a cada uno. Había acabado con todo lo que quedaba de su familia, pero había obtenido lo que había ido a buscar. Antes de salir decidió llevarse todo el dinero y el resto de los cuadros. Podía ser sospechoso un ladrón tan equitativo matemáticamente.

Enrolló los cuatro cuadros y los metió junto con el dinero en la enorme cripta familiar del cementerio, detrás de aquella pesada piedra redonda que sólo los tres hermanos sabían que se podía mover y que ocultaba un pequeño escondrijo que siempre, desde pequeños, les había parecido un lugar mágico. Cuántas veces se habían escondido allí cuando iban a visitar a su madre... Su padre jamás entraba, y nunca entendieron sus motivos.

Le pareció el sitio perfecto para ocultar la herencia. Su propio padre guardaría los tesoros que le había negado y sus hermanos no tardarían en vigilarle la herencia cuando los enterraran. El karma completaba su círculo; nunca mejor dicho. De alguna forma, ellos le cubrían el karma.

Esperaría un tiempo prudencial para recuperarlo, lo suficiente para dejar de ser sospechoso. Tenía la coartada perfecta, no había dejado ninguna huella ni parte de su ADN y había logrado deshacerse de la pistola. Jamás la encontrarían.

Estaba claro que sería el primer sospechoso, pero si no tenían pruebas ni encontraban el botín comenzarían a olvidarse de él.

Y así fue. La policía lo detuvo a la primera de cambio, pero jamás obtuvo pruebas contra él. Fue portada de muchos periódicos, y todo el mundo pensó que era el culpable, pero su coartada era sólida y nunca encontraron el botín.

Con el tiempo, la policía dejó de seguirle. Tardó en confiarse, pero diez años más tarde de su doble fratricidio decidió recuperar su herencia.

Justo el día que iba hacia el cementerio a por aquel dinero tuvo un accidente de tráfico. Fue mortal para él. Había chocado con un camión averiado, su coche había quedado totalmente destrozado y un hierro de la carga le había atravesado el pulmón izquierdo.

El juez certificó la muerte. El levantamiento del cadáver se produjo a las 00.03 de la madrugada y una ambulancia lo llevó hacia la morgue. Los dos enfermeros que lo recogieron lo reconocieron enseguida. Había sido noticia durante mucho tiempo y en los *talk nights* que visitó para defender su honor le habían puesto el mote de Hermano Vengativo. Se calculaba que su fortuna rondaba los cien millones de euros entre efectivo y cuadros, suficiente cantidad para que nadie olvidara su rostro.

A medio camino del hospital, recuperó el aliento. Fue como si resucitara. Seguramente aquel hierro colapsó sus pulmones y eso había hecho que no tuviera pulso. Pocas veces pasa, pero existen casos de accidentes graves en que algún objeto te obstruye la respiración lo suficiente para pararte el pulso pero no para quitarte la vida: el pulso es casi irreconocible para algunos aparatos pero suficiente para mantenerte con vida.

El enfermero no se lo podía creer. Habló con el conductor de la ambulancia de lo que acababa de pasar. Tenían que informar del milagro, pero ambos se miraron y supieron lo que querían hacer. La codicia se reflejaba en sus rostros.

Aquel tipo había escondido una fortuna y todo el mundo lo daba por muerto. Hasta la mañana siguiente nadie iría a la morgue. Tenían casi cinco horas para sacarle el lugar donde lo había escondido todo. Al fin y al cabo, su cuerpo estaba destrozado, y aunque le moliesen a palos nadie notaría la diferencia cuando lo devolviesen al tanatorio.

Él los miró y vio la codicia en sus ojos, la misma que él tuvo en su momento con sus hermanos. Sabía que iba a sufrir tanto dolor como ellos en aquel interrogatorio.

Enseguida se dio cuenta: el karma perfecto se volvía a producir, siempre era circular. Pensó qué hacer: si les daba la localización, tiempo después a ellos les llegaría una muerte dolorosa de manera semejante. Deseaba romper ese círculo vicioso y cubrirles el karma. Su madre siempre hablaba de ello, de soportar la carga de otro para que éste no la sufriera. De alguna manera, aquella madre ausente siempre les cubrió el karma en vida y él nunca tuvo excesivos problemas hasta que la perdió.

En aquella casa abandonada a la que le llevaron soportó todo el dolor que le infligieron. No le importaba lo que le hicieran; deseaba acabar con ese círculo vicioso. Le pegaban por turnos. Cada uno tenía una técnica y él aceptaba la paliza. Para él, era como si sus hermanos le devolvieran todo el dolor, y aquello fuera su penitencia.

Murió de nuevo a las tres de la madrugada. Nada en su cara indicaba el tremendo dolor que había sufrido porque las lesiones del accidente ya eran de por sí terribles, así que si alguien recordaba las anteriores sólo las vería levemente acentuadas. No dijo nada, y los dos enfermeros acabaron creyendo que el hermano vengativo quizá fuera inocente.

Al día siguiente lo enterraron junto a sus hermanos y su padre. Todos alrededor de ese dinero y esos cuadros que nadie disfrutaría ni descubriría jamás. El karma había completado su bello círculo. Aunque seguramente no sería el último giro, el karma es muy avaricioso y siempre desea rizar más el rizo.

Meses más tarde fueron encontrados asesinados ambos enfermeros. La desconfianza de que uno de ellos supiera algo que no hubiera compartido con el otro seguramente tuvo que ver. El karma siempre encuentra cómo seguir girando…

QUÉ BIEN ME HACES CUANDO ME HACES BIEN

VER LUZ DONDE
OTROS VEN SOMBRAS

ALBERT ESPINOSA

«SI MIRAS LA VIDA DE CERCA, NO TIENE NINGÚN SENTIDO. ¡ALÉJATE Y DISFRUTA!».

SI NOS ENSEÑARAN A PERDER, GANARÍAMOS SIEMPRE

«UNA CERVEZA PARA TODOS MIS COMPAÑEROS».

CADENA PERPETUA
(ESCRITA POR FRANK DARABONT Y BASADA EN UNO DE LOS CUENTOS DE LA NOVELA *LAS CUATRO ESTACIONES*, DE STEPHEN KING)

Cuando Andy Dufresne pide en ese tejado una cerveza para todos, te sientes como un preso más injustamente condenado. Que él no se la beba, sino que disfrute del momento, tiene la misma fuerza que cuando el protagonista no llora para que lo haga el público. Así consigue que nos convirtamos en uno más y deseemos con ansias la fuga final.

Siempre me han interesado los milagros, tanto los pequeños como los grandes. Soy científico y sueño con descubrir algo que cambie la vida de las personas, que les ayude y les cure cuando tienen dolor y la ciencia no puede hacer nada por ellas. Es decir, ver luz donde otros ven sombras.

No hay nada más terrible que tener dolor y que la gente no te crea porque no es el dolor clásico o el provocado por algo que se pueda observar. Bueno, quizá lo supere sentir dolor y que no te puedan curar porque la medicina tiene sus límites. Y es que a veces los límites son científicos, pero en la mayoría de las ocasiones faltan humanos que deseen ayudar. Hay más gente jugando en las redes que investigando por el bien de otros.

Siempre me han interesado mucho esas personas a las que la gente acude cuando la ciencia la deja abandonada. Algunos pocos logran encontrar a la persona adecuada para que su dolor y su mal desaparezcan. Como científico, siempre me he preguntado cómo es eso posible.

La verdad es que nosotros mismos no estudiamos demasiado lo que hacen esos médicos alternativos porque pensamos que son charlatanes que han tenido suerte o que, a través de un placebo, han logrado dar esperanza al presunto enfermo. Es decir, creemos más que el enfermo se ha inventado su curación que en las posibles dotes del charlatán.

Por ello, cuando me embarqué en ese estudio que denominé despectivamente «¿Charlatanes?», pensé que perdería el tiempo.

Me dediqué a investigar casos que tuvieran éxito probado. Es decir, hablé con colegas, y todos sabían de algún caso extraño de curación de difícil explicación médica, excepto que fuera un milagro.

¿Existen los milagros? Para mí, no. No creo en Dios, por lo que me parece imposible que puedan existir milagros en este universo. Pero sí creo que pueden existir medicinas diferentes que curen lo que la ciencia no logra.

Después de escuchar decenas de casos, me interesó mucho uno en concreto: un hombre con un cáncer en el hígado imposible de operar y un dolor insoportable. La ciencia lo desahució y fue a ver a un charlatán en Fuerteventura que curaba con la imposición de manos.

El hombre sanó totalmente a los pocos días de volver de la isla, y su médico no lo podía entender. Cuando hablé con su médico, ya jubilado, me dijo que suponía que sólo había una explicación lógica: «Nunca tuvo el tumor, y la mancha de la radiografía no era un tumor sino un fallo en la impresión de la máquina que hacía las radiografías». No era la primera vez que escuchaba aquella teoría. Es cierto que a veces los tacs y las radiografías fallan y detectan manchas por errores de escaneo, pero hablamos de un caso entre diez millones. ¿No tiene más sentido pensar que aquel charlatán de Fuerteventura quizá no lo fuera?

Entonces le hice la segunda pregunta clave: «¿Por

qué tenía ese dolor tan terrible, si todo provenía de una mancha ficticia?». Aquel médico jubilado tardó en responder; recogió unas cuantas olivas del suelo, pues ahora sólo vivía para el cuidado de sus olivos; ese hobby le había traído una enorme felicidad que la mesa de operaciones jamás le había dado. Sus manos recogían las pequeñas olivas caídas al suelo con un cariño y una delicadeza increíbles. Parecía que aquellos dedos necesitaran recoger frutos después de infligir tanto dolor a través de cientos de bisturís.

Se lo pensó diez o doce olivas y al fin me respondió: «Creer que tienes una enfermedad incurable y la falta de soluciones puede aportarte un dolor imposible de soportar en esta vida».

Su razonamiento no tenía sentido. La ciencia desacredita el dolor que no puede comprender para no enfrentarse a sus limitaciones. Decidí no replicarle. Recogí unas cuantas olivas junto a él, en silencio; realmente, aquello proporcionaba paz.

Seguí estudiando más casos imposibles que se habían curado y hablé con más doctores que desacreditaban a sus pacientes y les acusaban de inventarse el dolor y la curación.

Ningún médico creía en los milagros y menos en los charlatanes que habían curado a través de imposición de manos, calor, magnetismo o soplidos mágicos. No hablé con los pacientes porque estaba claro que ellos me ofrecerían algo que ya me imaginaba: esperanza y felicidad. Lo que necesitaba no eran emociones, sino explicaciones.

Ciertamente, a nivel científico aquellas curaciones parecían invenciones de charlatanes porque no había ningún tipo de prueba médica.

Después de hablar con centenares de médicos, decidí conversar con aquellos charlatanes. Muchos no quisieron verme porque temían que fuera a desacreditarlos. Otros quedaron conmigo porque querían demostrarme sus dotes. La verdad es que ninguno me impresionó, sus métodos eran pueriles y no tenía sentido que aquello sirviese para curar imposibles. Quizá yo ya iba predispuesto a no creer porque no consideraba que el milagro hubiese existido, ya que ningún caso me parecía cien por cien digno de milagro.

Cinco años más tarde de empezar aquel estudio estuve a punto de tirar la toalla, pero seguía teniendo en la cabeza el caso de ese tumor terminal en el hígado curado por aquel hombre de Fuerteventura. Aquello me parecía un verdadero milagro, quizá porque mi propio padre había muerto de ese mismo tumor casi incurable y con un dolor que aún escuchaba en mis pesadillas.

No había logrado hablar con el charlatán que curó a aquel hombre porque no tenía e-mail ni teléfono. La única manera de encontrarlo sería ir en persona a esa isla. Seguía intrigándome cómo lo pudo curar con una imposición de manos porque cuatro expertos en radiografía me habían asegurado que aquello no era una mancha producto de un error de escaneo sino un tumor claro y enorme.

Si era verdad el milagro, aquello quizá tuviera que ver con algo de la isla. En la isla de Pedrosa, en Santander, el agua curaba a niños que tenían problemas de huesos. Tal vez algo de esas tierras negras, de esas dunas o de ese aire en esa isla volcánica ayudara a los tumores de hígado.

Decidí tomarme unas vacaciones y visitar a aquel «hombre con poderes». Hacía un año que ya no los llamaba «charlatanes», tenía cierto respeto hacia ellos, o quizá había dejado de ser objetivo.

No me costó encontrarlo, toda la isla lo conocía; vivía en el extremo sur. No aceptó dinero por hablar conmigo, no cobraba a nadie. Eso me extrañó, pero igual era todo mentira y sólo lo decía porque deseaba camelarme. Hace años que creo que la mentira es un arte humano de seducción al que yo no había dado mucho valor ético. Tampoco creía en el bien y el mal.

Le mostré el caso; lo recordaba. Era un hombre que tenía casi noventa años, se movía con lentitud y te miraba fijamente a los ojos. No hablaba mucho, como la gente más interesante que he conocido en esta vida, y no paraba de sonreír.

Miró todo el material, sonrió y agregó: «Sí, lo curé poniéndole las manos, poco más. A veces funciona, a veces no; no sé por qué». Era muy sincero. Le pregunté si antes tocaba algo en especial, una piedra o algo de arena, si se lavaba las manos con algún tipo de agua o les pedía que respiraran profundamente aire de la isla.

Volvió a sonreír. Seguía mirándome a los ojos: «Hago lo que hacía mi madre, al observarlos detecto algo, deposito mis manos en la zona y espero que los ayude. Poco más».

Me miró más hondo, sentí su mirada dentro de mi organismo; es difícil de explicar, pero me di cuenta de que me estaba auscultando. Tardó en hablar, hasta que al fin me susurró: «Tu corazón lleva tiempo descompensado. Puedo intentar arreglártelo». Era cierto. En el último electrocardiograma me habían detectado un pequeño problema en el corazón, nada excesivamente grave, pero me impedía ejercitarme como antes.

Podía haberlo visto en mi córnea…, hay gente capaz de detectar esos pequeños desajustes cardiacos en las venas del ojo, pero aquel hombre tenía noventa años, era imposible que su visión fuera tan certera.

—¿Puedo? —preguntó—. No te prometo nada.

Asentí. Puso las manos sobre mi pecho y en pocos segundos noté como si me hubieran insertado energía de forma intravenosa, sentí como si me hubieran devuelto diez años de energía, una fuerza que había olvidado que existía en mí, como un plus de intensidad que había perdido con los años.

—Creo que ha funcionado. —Volvió a sonreír.

No supe decirle nada más que gracias. Cuando volví a mi hospital, me hice otro electrocardiograma y no había ni rastro de aquel problema cardiaco. Algún médico hasta afirmó que lo que antes se veía en aquel estudio era un problema cardiaco grave que me hubiese llevado a tener que implantarme un marcapasos.

Pasé de ser un no creyente a convertirme en un fan total de aquel hombre. Fui a decenas de médicos para corroborar el milagro que había vivido, pero de nuevo tuve que escuchar que seguramente se había debido a un fallo del electrocardiograma y que mi plus de energía era psicosomático. Las mismas tonterías que había oído de otros casos y que en ese instante había creído para restar valor al milagro.

Trabajé diez años más en aquel proyecto. Me tropecé con otro más de esos mágicos seres que curaban, esta vez en Boston. Aquel hombre tampoco cobraba, también hacía imposición de manos y poseía la misma calma que mi salvador de Fuerteventura.

No sabía cómo lo hacía, también aseguraba que no siempre funcionaba, y me dijo que todo se lo había enseñado su abuela.

De repente lo vi claro: quizá todo tenía que ver con un poder heredado. Decidí comparar el ADN de mi curador de Fuerteventura con el de aquel hombre joven de Boston. Cuando me llegaron los resultados, casi me caigo de espaldas. Eran parientes lejanos, tenían parentesco.

Aquello me colapsó, podía ser un don heredado. A lo mejor a través de esos dos únicos seres podía ir tirando hacia atrás en la línea genealógica y llegar al pariente en común que les cedió ese poder.

Publiqué mi estudio en una prestigiosa revista científica y fue repudiado por todos mis colegas. Consideraban que estaba condicionado al ser yo mismo parte del estudio. Según ellos, me había convertido en un creyente más y no era objetivo.

No me importó. Seguí investigando, buscando entre los árboles genealógicos de aquellos dos hombres con poderes, pero me faltaban más personas que curaran para llegar a una persona concreta en común. Cuantos más curadores tuviera, más fácil sería trazar las líneas hacia atrás.

Cuando estaba a punto de tirar la toalla apareció

el otro estudio. Y es que en toda la historia del ser humano siempre hay dos estudios que coexisten, son como dos ideas que nacen en el mismo instante e investigan lo mismo simultáneamente. Pasó con la electricidad, el teléfono, las vacunas, la circulación pulmonar y cientos de casos semejantes. Es como si dos personas se pusieran de acuerdo para investigar lo mismo, como si alguien o algo les diese la idea y fuera una competición de dos desparramados que desconocen que otro tiene su misma energía para descubrir algo semejante.

Aquella mujer extraordinaria tenía mi misma edad y mi misma pasión. También había sido curada de un tumor en un pecho del que no sabía su existencia por una tercera persona que tenía una mirada semejante a las que yo había conocido y que tampoco le había cobrado.

En cuanto recibí su correo electrónico supe que ella era lo que necesitaba, no sólo para lograr que nuestros estudios se complementasen, sino también para mi vida. Siempre había sido un solitario que vivía para mi trabajo, no porque no tuviera nada más interesante, sino porque realmente me apasionaba lo que hacía. A veces, a la gente que no tiene ningún trabajo o hobby que le entusiasme le cuesta comprender que haya alguien que disfrute con lo suyo.

Cuando la conocí, noté que ella también sentía lo mismo por mí. Era una apasionada de sus estudios. No estábamos muy lejos geográficamente, pero sin aquella investigación común quizá jamás hubiéramos coincidido, ya que teníamos dos especialidades diferentes y nunca hubiéramos compartido congreso.

Curiosamente, el amor y el deseo se produjo antes que el intercambio de información de nuestros estudios. Era lo que necesitábamos, quizá lo que nos faltaba en nuestras vidas, aunque no nos lo hubiésemos planteado. Cada uno dábamos luz a las sombras del otro.

Más tarde llegó el trasvase de información. Ella había llegado más lejos que yo: tenía cuatro de esos curadores certificados, por lo que contábamos con seis si uníamos ambos estudios. Increíblemente, los seis compartían ADN cuando les hicimos la prueba; volvían a ser parientes lejanos.

Os puedo asegurar que con seis puntos de inicio

se puede llegar muy lejos en un árbol genealógico. Dedicamos nueve años de nuestra vida a investigar de dónde provenían estos curadores y si todos ellos tenían un antepasado común. Durante ese tiempo nacieron nuestros dos hijos y adoptamos un perro y un gato.

Y un día cercano a la Navidad ocurrió. Después de trabajar con muchos colaboradores llegamos a un nexo en común. Habíamos tirado muy atrás, pero mucho, y apareció ese nombre. No nos lo podíamos creer. Nuestros seis curadores certificados provenían de Lázaro, ese ser que, según las escrituras, Jesucristo había resucitado de entre los muertos.

Aquel Lázaro mantenía parentesco lejano con nuestros seis curadores. Era absolutamente increíble, como si el milagro de Jesucristo, al que ninguno de los dos brindaba devoción, hubiera dejado ese poder a aquel hombre al que devolvió a la vida y al que seguramente dejó dentro de su ADN ese extraño poder de curación como una secuela más.

¿Cuántos descendientes de Lázaro existían, cuántos ejercitaban la curación y cuántos conocían su poder? Si era cierto lo que creíamos, habíamos dado con un nuevo tipo de médico: el lázaro que cura lo que no puede la ciencia. Podría haber un Lázaro en cada ciudad que ayudase a curar enfermedades que un médico no conseguía curar.

Nuestro convencimiento en esa teoría nos llevó a seguir trabajando en el proyecto. Tras casi tres años más, un hijo más y un segundo perro, logramos crear un aparato sencillo para testar a miles de personas que participaron en ese primer estudio en busca de ese ADN curador. Descubrimos que sólo algunos descendientes lo tenían potenciado, pero que justo esos habían obrado pequeños milagros que no tenían sentido.

El año que publicamos nuestro estudio pensamos que nos volverían a repudiar, pero la sociedad era más abierta y estaba más preparada. En pocos meses varios gobiernos decidieron testar a toda su población en busca de más lázaros. Hubo países que lograron dar con quince lázaros, y estos se convirtieron en pequeños obradores de milagros. Algunos tenían poco poder y curaban dolores casi insignificantes, pero otros sanaban enfermedades imposibles de curar hasta ese momento.

Ser un lázaro era un trofeo que mostraba cada país que lo encontraba. Se convirtió en un símbolo de algo más que de la curación, de la creencia en la fe de que algo milagroso realmente había pasado en este universo y que todavía existía dentro de nosotros. Quizá era más que fe, porque teníamos pruebas.

Nosotros no fuimos lázaros, pero la emoción, mientras nos testábamos, de que tal vez formáramos parte de nuestro propio estudio fue muy intensa.

A ella la perdí tres años más tarde. Su mal no era a prueba de lázaros. No podían con todos los males, algunos se les escapaban o no los curaban con su imposición de manos.

La enterré el mismo día que nos conocimos pero treinta años más tarde, y a partir de ese instante decidí que no cesaría hasta lograr su vuelta.

Y es que nos habíamos centrado en la curación, pero ¿y si hubiera algún descendiente de ese Lázaro que pudiera con la resurrección? ¿Alguien cuyo ADN fuera idéntico al del Lázaro original y tuviese ese poder?

Sabía que era casi imposible, pero al fin y al cabo el premio, recuperarla, valía la pena. Creo que llegó un momento en que más que localizar lázaros lo que me entusiasmaba era haberla encontrado a ella.

Llevo veintitrés años investigando, me queda poco tiempo en este mundo. Aún no he encontrado un lázaro con ese poder específico, pero sé y tengo fe en que hallaré a ese curador no de enfermedades sino de la muerte y lograré volver a dar luz a mis sombras.

QUÉ BIEN ME HACES CUANDO ME HACES BIEN

REGALAR TU YO
MÁS DÉBIL

ALBERT ESPINOSA

«SI CREES EN LOS SUEÑOS,
ELLOS SE CREARÁN. (...)
EL CREER Y EL CREAR ESTÁN TAN SÓLO
A UNA LETRA DE DISTANCIA».

EL MUNDO AMARILLO

———

CONVERSACIONES AL LADO DEL LAGO.

EL OTRO LADO DE LA VIDA
(ESCRITA POR BILLY BOB THORTON)

Todas las secuencias entre Lucas Black y Billy Bob demuestran que la edad jamás es un impedimento para ser los mejores amigos. Me encanta volver cinematográficamente cada pocos años a ese lago y sentirme espectador de esa magia que pocas veces ocurre cuando no existen los prejuicios.

Nada en este mundo me gusta más que nadar.

Cada día dedico cuarenta y seis minutos exactos a practicar la natación e intento encontrar la mejor hora del día para que haya la menor gente posible en la piscina.

Hay cientos de estudios que hablan de que la mejora de oxígeno en el cuerpo que obtienes mientras nadas hace que todos tus problemas se oxigenen y encuentres soluciones que no esperabas a problemas incrustados. Es un placer difícil de explicar, es como ordenar ideas y sentir frescura cerebral.

Siempre he tenido la sensación de que las personas muy bellas no saben nadar. No sé explicarlo mejor, pero es como si su cuerpo no sirviese para convivir con el agua.

También he creído siempre que la gente se comporta en la vida como en la piscina: la forma como piden o no piden entrar en el carril compartido, la manera como bracean y la violencia con la que nadan, todo ello los define. La educación al entrar en una piscina y tu actuación dentro es un reflejo de tu propia personalidad en la vida. Yo intento ser muy respetuoso, y quizá por ello odio a los abusones acuáticos.

Intento hacerme amigo de los socorristas desde el minuto uno porque son los que te pueden salvar si pasa algo malo dentro del agua. Y no tengo duda de que, como todo en la vida, cuantos más lazos positivos tienes con otra persona, más probable es que te ayude. Creo que el ser humano es egoísta por naturaleza. Todo en estos cincuenta años de vida en este planeta no ha hecho más que ratificar esta opinión.

Tuve un amigo guionista que sólo iba a la piscina a encontrar ideas. Se sumergía durante casi dos horas, sólo extraía la cabeza para coger el aire justo y tenía una libreta y un bolígrafo a prueba de agua en ambos extremos del carril para poder apuntar las tramas que le venían a la mente. Era un espectáculo bellísimo verlo crear. Creo que para él nadar no era un hobby, sino una prolongación en otro medio de su trabajo. Él me dijo un día que nadar tiene mucho que ver con dialogar una escena: hay miles de maneras de hacerlo, como hay miles de maneras de nadar, ninguna está mal, todas sirven si llegas a tu destino. Y lo mismo pasa con dialogar una escena: hay miles de formas de conseguir llegar hasta ese final de secuencia que deseas para que la trama gire.

Me gustaba aquel hombre de ochenta años. Era constante, iba cada día a nadar, y eso lo respeto mucho. Cuántos dejan de nadar por el frío, el viento o la lluvia que han de surcar hasta llegar a la piscina. Nadar es pura fe: ha de ser tu religión si quieres ser un buen nadador.

Yo no tenía muchos problemas; mi vida en pareja era satisfactoria, nunca me sentía solo y el hijo en común nos proporcionaba una felicidad adicional perfecta. Quizá por todo ello me sorprendió tanto lo que ocurrió aquel 31 de diciembre.

Me entusiasmaba ir a nadar el día de Nochevieja a última hora porque era como despedir todo el año de natación con calma. No solía haber nadie, la gente estaba preparando la cena o haciendo recados navideños, pero aquel día había una chica de mi edad que nadaba de una forma absolutamente perfecta.

Me metí en el carril de al lado, me saludó alzando ligeramente un par de dedos cuando vio que me unía a nadar y aquello me pareció una preciosa forma de aceptar a un nadador desconocido. Nunca me había pasado que alguien se alegrara al verme entrar en una piscina que tenía a su entera disposición.

Poco a poco casi sin proponérnoslo, acompasamos el ritmo hasta nadar sincronizados. Aquel día rompí, por primera vez en años, mi regla de los cuarenta y seis minutos y no paré de nadar hasta que ella paró. Estuve casi una hora y veinte minutos. Sentía algo especial al nadar con ella, como una conexión acuática. Cuando salimos del agua, estuve tentado de hablarle, pero era absurdo, seguramente ella no habría notado lo mismo que yo y podía malinterpretar mis palabras.

Los siguientes días seguí yendo a nadar, pero ella no aparecía, así que volví a cambiar otra de mis reglas básicas: comencé a ir a horas en que había mucha más gente para ver si la encontraba. Al final, a las dos semanas, descubrí que su momento favorito era a última hora, cuando la piscina estaba abarrotada. No creo que fuera algo que le gustara, sino que simplemente era cuando sus horarios le permitían nadar.

Aquel segundo día, al estar repleto, tuve que nadar en su mismo carril. Le pregunté cómo quería que nadáramos, si uno por cada lado del carril o haciendo la rueda. Ella me miró y no dijo nada, sólo sonrió. Supe que lo nuestro no sería la conversación, sino las miradas. Decidí ponerme en un lado del carril y ella se puso en el contrario. Nadábamos nuevamente acompasados, a la misma velocidad, y cuando uno cambiaba de estilo, el otro también lo hacía. Era como bailar juntos en el agua. Poco a poco, ese compartir carril se convirtió en una rutina. Tuve que explicarle a mi mujer que cambiaba el horario porque aquel era el de menos gente. Me creyó; quién se inventaría una tontería tan grande.

Con los meses, nuestros dedos se tocaban en algunos instantes, era un leve roce, pero creo que ambos sentíamos lo mismo cuando se producía el contacto, lo presentía. A veces era yo quien buscaba sus dedos y en otras ocasiones era ella. Sentía una conexión brutal con aquella mujer.

Normalmente nos veíamos ya en la piscina, pero un día me tropecé con ella en la entrada del gimnasio, después de cambiarme. Estaba junto a su marido y su hijo. Nos miramos avergonzados, era como si no nos agradara vernos vestidos y conocer la vida que llevábamos fuera de la piscina.

Tras ese encontronazo dejamos de rozarnos los dedos mientras nadábamos. No quería que volviera a ocurrir, así que tardaba una cantidad exagerada de tiempo en salir del vestuario para que fuera imposible cruzarme con ella. Aquello me obligó a mentir otra vez a mi mujer, le dije que había decidido doblar el tiempo total que nadaba para sentir que la piscina seguía haciendo efecto en mi cuerpo y en mi mente. Mi mujer me creyó; al fin y al cabo, quién se inventaría esas tonterías tan extrañas.

Meses después comenzamos a hablar en los extremos del carril mientras cogíamos fuerzas para la siguiente serie. Eran conversaciones intrascendentes, pero para ambos era como iniciar algo muy especial tras tanto tiempo de silencios y sonrisas. También volvieron los roces de los dedos, y eran más intensos.

Sentía que nos unía algo tan fuerte que un día no pude más que invitarla a cenar antes de que ella saliese de la piscina. Ella tardó en contestar, se lo pensó y me dijo que lo mejor sería que picáramos algo en el bar que había en el gimnasio. Quedamos así.

Cuando nos sentamos vestidos en aquel bar del gimnasio, todavía con el cabello un poco mojado, nos dimos cuenta de que o no teníamos nada en común, o no sabíamos cómo relacionarnos. Ambos nos mostrábamos tímidos, nos sentíamos como si no nos conociéramos. Sin el agua, no había química. Era muy extraño, pero sabíamos que no podíamos forzarlo, nos sentíamos tan incómodos… Nos dimos cuenta de que el agua era el conductor de nuestra relación.

Después de un par de encuentros vestidos y tomando café, decidimos que teníamos que quedar en un lugar con agua pero donde tuviéramos privacidad. No nos valía el mar o un río, así que, por descarte, decidimos quedar en una bañera. Sé que suena extraño, pero ambos sentíamos que necesitábamos ese medio para que lo nuestro funcionara. Yo llevé unos flotadores de corcheras, aquellos objetos de colores con forma de dónut y que pensé que nos ayudarían para sentirnos en nuestro ambiente. Los distribuí alrededor de la bañera, era extraño pero como habían estado sumergidos en nuestra piscina nos hacían sentir como en casa.

Lo hicimos. En lugar de ir a nadar, fuimos a un hotel. Ambos nos sentíamos infieles, pero no tocamos la cama. Nos quitamos la ropa y nos metimos en bañador en la bañera, uno a cada lado, de frente, mirándonos a la cara, y sentimos que todo volvía a fluir. No hicimos nada más que hablar, pero disfrutamos tanto…

Sentíamos que necesitábamos ir variando de espacio, y buscábamos bañeras con formas especiales o jacuzzis amplios, y os puedo asegurar que allá tuve las mejores conversaciones que he tenido en mi vida. Mientras tanto, en la piscina, seguíamos teniendo esos roces de mano de alto voltaje.

Ambos necesitábamos consumar aquello, pero también presentíamos que quizá conllevara consecuencias que ninguno de los dos deseábamos. Éramos felices con nuestras parejas y no queríamos romper ni perder la felicidad que nuestros hijos nos daban.

Nos dimos cuenta de que éramos infieles acuáticos, personas que se necesitaban cual sirenas, pero que estábamos limitados a ese medio. Qué sería de nosotros si optábamos por estar juntos… En el día a día, en tierra, estábamos condenados a no comprendernos.

No sé cuál de los dos decidió romper, supongo que fuimos los dos. Era tan sencillo como cambiar de piscina y terminar con esas quedadas en bañeras y jacuzzis clandestinos.

Fue duro, pero lo hicimos. Ahora sigo nadando y sé cuándo ella nada, la noto aunque no esté en mi misma agua, y en mi mente sigo rozando su piel. Cuando entro en la bañera, sé si ella también está allí. Es como si la tuviera al lado, y no puedo dejar de sonreír.

Estamos comunicados aunque no compartamos la misma agua. No hay nada que hacer. Acepto que tengo una segunda vida en otro medio. Simplemente sé que es así, y no puedo parar de sonreír: estando lejos, estamos cerca. Es como si le hubiese regalado mi yo más débil, mi yo más personal, y ella lo poseyera, y a la inversa. Creo que es eso, mi yo más débil, más franqueable, sigue en el agua, y es suyo entremos en ella juntos o por separado.

QUÉ BIEN ME HACES CUANDO ME HACES BIEN

NO SOMOS UNA VOZ,
SOMOS UN ECO

ALBERT ESPINOSA

«¿Y SI CON SÓLO MIRARTE
PUDIERA DESVELAR
TUS SECRETOS MÁS PROFUNDOS?».

*TODO LO QUE PODRÍAMOS HABER SIDO TÚ Y YO
SI NO FUÉRAMOS TÚ Y YO*

———

«MI LISTA DE OBJETIVOS VITALES».

JERRY MAGUIRE
(ESCRITA POR CAMERON CROWE)

Me entusiasma cuando Tom Cruise, esa noche en el hotel, crea su memorándum vital. Es, sin duda, una de las escenas con la que más me identifico, porque ese instante en que dominas tu destino es inspirador.

Ya no puedo más, no puedo, es superior a mí. Siempre pienso en esta frase: si es tan fácil salir del juego, ¿por qué seguimos jugando?

Odio a tanta gente, me han hecho tanto daño… De niña, en el colegio, me hicieron *bullying* y no conseguí que nadie me apoyase. Esos mismos cabrones han triunfado en la vida y, cuando les he recriminado cómo se comportaron conmigo, me han dicho que eran cosas del colegio, asuntos de niños, como si ya no fueran esas personas que infligían dolor.

De adolescente conocí a seres realmente abominables. Con algunos tuve relaciones y soporté que me mintieran, que me engañaran o que jugasen con mis sentimientos. Cuando con los años les he recriminado cómo se comportaban, me han dicho que eran jóvenes, que sólo pensaban en su propio placer y en tener experiencias, como si ya no fueran esas personas, como si se hubieran evaporado y transformado en otros seres que no debían ser culpados por su pasado.

Y ahora que rondo la cincuentena he de soportar jefes déspotas, personas que se cuelan en las filas, seres que no respetan las normas, que mienten, que fuman donde no pueden, que te ponen el morro de su coche a centímetros y te hacen luces. Personas que ya no son niños, adolescentes ni jóvenes. Adultos que han decidido comportarse como ruidos y que, si los criticas o los confrontas, son capaces de escupirte, insultarte o gritarte.

No puedo más. ¿Alguien puede más? ¿Debo convertirme en uno de ellos para aprender a sobrevivir? ¿En alguien que pisotea porque su presunta libertad de expresión está por encima del respeto a otra persona, porque creen que su incultura y su falta de inteligencia es bandera suficiente contra la cordura?

No puedo más.

Estoy en medio de la calle y me pongo a gritar.

Es un grito agudo que nace de todo el dolor que me han provocado esos no humanos que me han hundido en pozos que no merecía y que me han llevado a pensar que yo era la culpable, por ser débil, por ser buena, por ser naíf y por ser alguien que cree que lo importante sigue siendo no hacer daño a otro ser humano.

Y grito, y noto que mi grito traspasa paredes y surca el cielo, se posa en el agua y llega hasta el mar, viaja a la estratosfera y poco a poco se convierte en un eco. No somos una voz, somos un eco. Empiezo a escuchar ese eco de personas que comienzan a gritar como yo en diferentes y distintos países. Somos como una manada de lobos heridos a los que han masacrado a mordiscos por irradiar luz.

Cada vez somos más lobos heridos los que aullamos, y nuestro grito cada vez es mayor. Tenemos muchas edades, diferentes sexos y mucha rabia dentro. Nuestro grito tiene muchas nacionalidades, y nos importa una mierda la política, el sexo o las inclinaciones religiosas de los demás. Sólo gritamos y chillamos como una sola persona. Ese grito es cada vez más fuerte y se convierte en nuestra poderosa arma. No podemos más, no queremos seguir aguantando ese ruido constante que nos ha masacrado y que siempre se cubre de que antes eran así y ahora son otra persona.

Y los que no gritan no pueden soportar nuestro chillido coral; noto que les duelen los oídos, les sangran las orejas y la nariz, poco a poco ese grito que no comprenden va acabando con ellos, los va matando por dentro, porque los que sabemos lo que el dolor hace en nuestro interior, lo estamos expulsando y les está perforando todo el cuerpo con nuestro grito.

Noto que todos los supervivientes de ese *bullying* eterno del planeta están chillando. No somos muchos, diría que el 15 por ciento de la población, y los demás, ese otro 85 por ciento, van cayendo al suelo, sucumben a nuestro grito y poco a poco van desapareciendo, van languideciendo y van muriendo.

Un grito iniciado por una sola persona que no podía aguantar más tanto dolor y que, en lugar de quitarse la vida, lo ha convertido en un grito de socorro.

Cuando acabamos de chillar, notamos que por fin hemos limpiado el planeta, por fin hemos retirado de él a esos que lo ensucian, lo destrozan todo y destruyen a las personas.

Poco a poco el chillido se acalla lentamente en pueblos y ciudades; poco a poco sentimos que por fin podremos vivir sin ellos y que este planeta será humano.

Yo soy la última que dejo de gritar, de nuevo una única voz que acaba con el eco, y siento que no era yo quien tenía que desaparecer, eran ellos los que debían ser erradicados por el sonido de ese mismo dolor que nos habían provocado.

QUÉ BIEN ME HACES CUANDO ME HACES BIEN

NO LUCHAMOS
TANTO PARA ESTO

ALBERT ESPINOSA

«DEDICADA A TODOS LOS QUE SIGUEN QUERIENDO SER DIFERENTES Y LUCHAN CONTRA AQUELLOS QUE DESEAN QUE SEAMOS IGUALES...».

SI TÚ ME DICES VEN LO DEJO TODO... PERO DIME VEN

———

EL DISCURSO FINAL.

EL MANANTIAL
(ESCRITA POR AYN RAND Y
BASADA EN SU NOVELA HOMÓNIMA)

El *speech* final de Gary Cooper sobre la importancia de tener el *copyright* de tus creaciones es pura magia. Cada una de las palabras de ese monólogo es el broche de oro a una película diferente y única sobre el poder de conservar la autoría de lo que creas.

Nació en libertad. Sólo era una cobaya, una pequeña cobaya entre cientos de miles. Era feliz con sus hermanos y hermanas hasta que le atraparon, le metieron en una jaula, le pusieron esa inyección y le colocaron en un laberinto. Era como un acertijo, tenía que encontrar el final. Al principio fue fácil, y cuanto más lo repetía, más sabroso manjar le daban.

Se sentía una cobaya lista, había nacido para resolver esos juegos. Pero cuanto mejor lo hacía, más inyecciones recibía. Se dio cuenta de que le estaban inyectando algo parecido a una enfermedad, porque siempre se encontraba un poco peor después del pinchazo. Se preguntaba: «¿Qué ser puede albergar tanta maldad en este universo para hacer perder a otro su capacidad de estar sano?». Realmente no comprendía esa crueldad.

Después de cada pinchazo, le costaba un poco más encontrar la salida del laberinto, se sentía perdido, como mareado. Sus hermanos y hermanas tampoco lograban su objetivo, y algunas cobayas morían en el intento. No entendía nada. Cuando parecía que no iba a poder continuar, le inyectaban una segunda sustancia y empezaba a sentirse mejor. Era como si le diesen el veneno y luego la vacuna para curarse: sentía que recuperaba la energía y, si lograba encontrar la salida después de esa segunda inyección, le daban premios mejores.

Fue creciendo. Oía voces que decían que era una buena cobaya y que podía participar en muchos más experimentos. Aceptó su destino porque no conocía otra vida. Eso sí, a costa de perder hermanos y hermanas en cada uno de ellos. No entendía tanta crueldad, nadie había intentado explicarle jamás por qué llevaba esa mísera vida.

Había perdido la cuenta del número de experimentos en los que había participado, aceptaba enfermar y confiaba en que luego la vacuna o el medicamento que le inyectaran la ayudara a sanar. Era un círculo vicioso que no tenía fin ni límites.

Hasta que llegó aquel experimento increíble que le reportó el sentido de su vida. Aquella enfermedad le proporcionó una inteligencia diferente. Seguramente le habían inyectado algo relacionado con el cerebro; sintió que su inteligencia se acrecentaba y que conseguía comunicarse de otra forma con sus hermanos. Sus chillidos ahora tenían un sentido. Logró un gran éxito al recuperarse después de la vacuna, pues le facilitaron la reproducción. Supuso que querían más seres inteligentes como él, y pasó de ser un hermano más a uno de los padres de la nueva camada de cobayas; algo destinado a muy pocos.

Después de ese plus de inteligencia extra se dio cuenta rápidamente de lo que pasaba. Descubrió lo que hacían aquellos seres enormes con dos patas: los utilizaban como pequeños humanos ratoniles, les cambiaban el ADN o algo parecido, les inyectaban enfermedades y les curaban por un trocito de comida. Ellos eran su versión humanizada, y ninguno tenía gran valor porque había cientos o miles de cobayas.

Al pasar de hermano a padre, su ADN modificado fue a parar a todos sus hijos, y él podía comunicarse con ellos gracias a ese último experimento. Lo tuvo claro: les inculcó la rabia y la lucha, pero sabía que eran demasiado pequeños para poder con los seres de dos piernas. No eran como los monos u otros animales que había en otras salas, sólo eran pequeñas cobayas que no tenían fuerza.

Una noche hizo su gran *speech*: reunió a todos sus hijos y expuso su punto de vista con claridad: «Sólo fallando, sólo no ayudándoles, sólo no encontrando el camino, lograremos dar un sentido a la muerte de los nuestros. Hemos de dejar de hacer lo que nos piden hasta que piensen que no servimos y busquen a otros animales. Debemos hacerlo aunque nuestra propia vida esté en juego o dejen de alimentarnos».

Pero no le comprendieron o no quisieron entenderle, así que sólo él se quedó inactivo en aquel laberinto. Los humanos pensaron que estaba cansado y en lugar de aniquilarlo, como hacían con las anomalías, lo revendieron.

Acabó en otro lugar, esta vez al aire libre. Allá, en vez de descubrir cómo llegar al final de un laberinto, trataba de hallar los obstáculos. Lo llevaban a un prado y allí tenía que encontrar minas antipersona.

Se preguntó por qué siempre los humanos les hacían hacer los peores trabajos. Tan sólo tenía que señalar el lugar, pero algunos de sus hermanos acababan pisándolas y explotaban por los aires.

Lo tuvo claro, no deseaba seguir así. Había aprendido mucho en los laberintos, sabía que era habilidoso, así que, cuando lo soltaron, en lugar de buscar las minas, las fue esquivando una tras otra —había centenares— hasta que llegó al final del prado y consiguió la ansiada libertad.

Allá conoció a otra cobaya que había nacido en libertad y creó una colonia propia. Les fue enseñando a sus descendientes todo lo que debían aprender para ser libres.

Supo que le quedaba poco tiempo, pero esperaba que algún día esos humanos, gracias a una rebelión provocada por sus propios experimentos, dejaran de ser Dios con otras especies. Debían aprender que ningún animal en este planeta merece ser erradicado para que ellos sobrevivan.

Quizá algún día uno de sus descendientes obtuviera más inteligencia y pudiera crear un virus inmune para las cobayas y para toda clase de animales, pero perfecto para aniquilar a esos seres humanos tan endiosados. Un virus que pudieran probar en las cobayas, ver que no les provocaba ningún síntoma y lanzarlo contra esos humanos para, por fin, vivir en un mundo en paz.

QUÉ BIEN ME HACES CUANDO ME HACES BIEN

5683, *LOVE*

ALBERT ESPINOSA

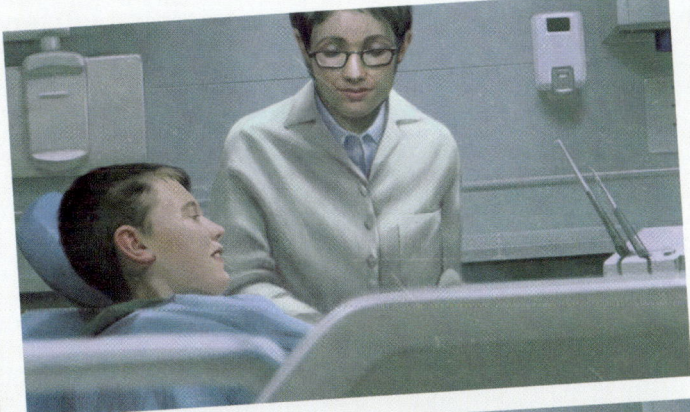

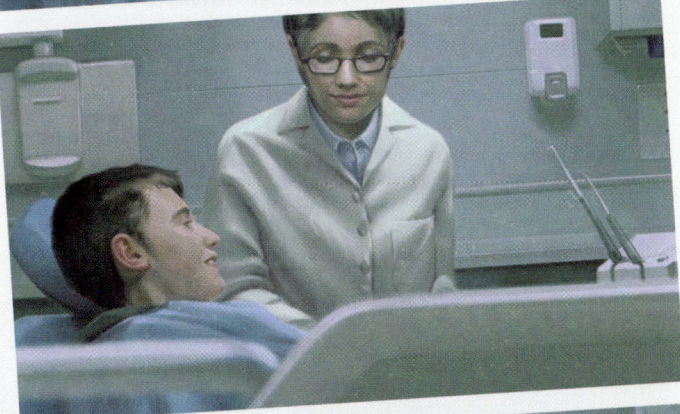

——

EL BAILE FINAL EN LA PLAZA.

BEAUTIFUL THING
(ESCRITA POR JONATHAN HARVEY)

Me entusiasma ese baile final que demuestra que uno puede ser libre cuando se lo propone, sin importar lo que opinen. Tan sólo necesitas el apoyo de los que te aman y la aceptación de tu propia realidad.

Le gustaba ser dentista; era su sueño dedicarse a ello. Amaba las sonrisas. Y le entusiasmaba que la persona a la que atendía hubiese ido a su consulta desde la niñez. Verla crecer y perder los dientes de leche, ponerle *brackets* si lo necesitaba, curarle las caries, librarle del dolor de las muelas del juicio y crearle una sonrisa nueva cuando la vejez le llegara.

No era un tema de dinero, sino de confianza. Ella opinaba que cuando alguien deposita en ti su sonrisa durante tantas décadas tienes una responsabilidad muy grande y debes evitarle cualquier dolor.

Le gustaba cómo la gente confiaba en ella. Se estiraban en aquel sillón y cerraban los ojos cuando ella hurgaba en su boca. Le gustaba esa relación que había creado con ellos, aunque sentía no poder descubrir mucho sobre su vida porque no existía oportunidad de mantener conversación alguna.

Amaba un poco ese poder que tenía sobre ellos. El olor a miedo era totalmente reconocible por mucha colonia que se echaran antes de ir a su consulta.

Guardaba todos los dientes de leche y todas las muelas del juicio que había arrancado. Le encantaba mirarlos y ordenarlos por tamaños. Sabía que en los dientes se reflejaba parte de los vicios de cada persona: mucha caries en los golosos, esmalte desgastado por apretar demasiado los dientes en los que tienen remordimientos, extracciones innecesarias en los narcisistas…

Su mayor triunfo fue cuando aquel hombre mayor dejó escrito que le enterraran con los dientes que ella había construido para él. Ese día se emocionó sobremanera, porque aquello significaba que lo había hecho tan bien que los consideraba parte de su cuerpo. Se imaginó que al final lo único que quedaría en su ataúd sería esa sonrisa creada por ella. Siempre grababa una frase microscópica en la parte trasera de los dientes falsos; solo era visible con un microscopio, pero siempre era un buen deseo, algo que ella imaginaba que mejoraría la vida al hombre o a la mujer en cuestión.

Sentía que su profesión no era amada pero sí necesaria. Siempre dormía esperando alguna urgencia; era el único instante en que sentía gratitud eterna y podía hablar un poco más con la persona que acudía a ella con tanto dolor.

Le encantaba cuando alguien sollozaba por un dolor terrible de muela a las tres de la mañana; abrir la consulta la hacía sentirse única e indispensable. Estaba un poco sola; aunque había tenido seis parejas estables, tres chicos y tres chicas, no había encontrado ese amor loco del que hablaba la gente. Nunca le había importado el sexo, lo que la atraía era la sonrisa. Cuando encontraba una sonrisa irresistible, se enamoraba; sabía que los caninos con cierta forma la desarmaban.

Siguió trabajando con pasión hasta que un día, casi sin darse cuenta, advirtió un ligero tembleque en su mano. Al principio era imperceptible para sus clientes, pero con el tiempo se convirtió en un problema que la hacía no ser certera y, en algunas ocasiones, infligir dolor involuntario a sus pacientes.

No lo podía admitir, así que se jubiló antes de tiempo y se dedicó al *dolce far niente*.

Cuando parecía que en su vida no encontraría el amor verdadero, conoció a alguien en un crucero por el Mediterráneo. Era una mujer que había tenido una única profesión y la había vivido igual de intensamente que ella.

Había sido peluquera, y le encantaba porque podía hablar con sus clientes y estos siempre estaban con los ojos abiertos y le sonreían a través del espejo.

Le contó que el día que decidió retirarse por el dolor que le provocaba en la mano el estar siempre con el brazo en tensión, miró aquel espejo que tenía delante y pensó en que allí estaban depositados tantos años, tantos anhelos y tanta felicidad… Se veía a ella envejecer, sonreír y hasta llorar debido a cientos de conversaciones excelentes y emocionales que había tenido. Lo rompió en mil pedazos antes de jubilarse, no deseaba que cayera en otras manos, pero conservó mechones de pelo de todos sus clientes.

Durante los paseos terrestres, cuando bajaban del barco y visitaban ciudades europeas, la dentista pensó en contarle que la envidiaba: ella siempre tenía a todo el mundo con los ojos cerrados y nadie compartía con ella ninguna confidencia.

También deseó hablarle de la colección de dientes que aún conservaba, pero, para no quitarle emoción y fuerza a su discurso, no dijo absolutamente nada. Sus dos profesiones eran tan diferentes... Una no necesitaba palabras y la otra se nutría de ellas. Se complementaban tanto...

El último día del crucero, la peluquera pidió que pusieran «Michelle», de los Beatles, en honor a la dentista. Ella se ruborizó cuando oyó aquello de «*ma belle*». Era su canción preferida, además de su nombre; nunca nadie le había susurrado su nombre ni cantado esa letra, pero había deseado tanto que a alguien se le ocurriese hacerlo...

Era su sueño de juventud; había llegado tarde, pero qué importaba, estaba preparada para todo en esta vida menos para ella.

De repente, cuando se besaron y la peluquera sonrió de una manera tan abierta y especial, ella recordó esos dientes. Se los había colocado hacía mucho tiempo, quizá con veinte o veintidós años, por un problema de una infección terrible debido a una enfermedad neuronal. La había olvidado… Seguramente era muy joven cuando acudió a la consulta y había cambiado mucho, pero no había duda de que aquella sonrisa era suya. Recordó que en los dientes escribió «5683». Esos números que, si los marcabas para escribir un SMS en los antiguos teléfonos, creaban la palabra «*Love*». Le gustaba que el significado que grababa no fuera fácil de comprender. Le encantaba la sonrisa de aquella peluquera, quizá porque ella misma la había diseñado. Era la creadora y la destinataria de esa profecía de amor.

Sonrió. Se sentía muy feliz. Estuvo tentada de contarle que siempre se cortaba el pelo ella misma en casa, pero no quería que se perdiera la magia y dejó que siguiera recitando «Michelle, *ma belle*» mientras bailaban. Estaba completa por fin.

QUÉ BIEN ME HACES CUANDO ME HACES BIEN

NO JUEGUES CON MIS MIEDOS. NO LOS CONOCES, NI A ELLOS NI A MÍ

ALBERT ESPINOSA

«EL CAOS ES AQUELLO QUE TE HACE DIFERENTE, AQUELLO QUE LA GENTE NO COMPRENDE DE TI Y QUE DESEA QUE CAMBIES. PERO UNO ES SU CAOS, POR ESO CUANDO ALGUIEN NO TE ENTIENDA, DILE: "AMA MI CAOS"».

EL MUNDO AZUL. AMA TU CAOS

—

ESE ABRAZO NO DADO Y ESA FOTO NO REALIZADA.

GENTE CORRIENTE
(ESCRITA POR ALVIN SARGENT Y BASADA EN EL LIBRO HOMÓNIMO DE JUDITH GUEST)

Ese abrazo no dado con esa foto no realizada entre madre e hijo te rompe el corazón. Madre e hijo opuestos en la reacción en cuanto a una pérdida y descolocados ante un mismo drama. Una maravilla para los sentidos y una disección perfecta sobre el dolor.

Peter era un extraño en un mundo propio, un «incomprendido» por gran parte de la civilización. Estaba cansado de que jugaran con sus miedos cuando no los conocían ni a ellos ni a él. Por eso concluyó que éste no era su mundo. Sólo había una solución: miró al infinito y observó una puerta abierta en el abismo de su inquietud.

Abrió la ventana con el temor propio de un niño malo que roba manzanas de la despensa, y el viento, mezcla de brisa veraniega y aire gasificado, le rozó la mejilla izquierda. Un temblor, entre acojonamiento y nerviosismo implícito, le recorrió el cuerpo.

Se subió a la ventana con lentitud y avanzó dos o tres pasos cortos, hasta quedar al ras de la cornisa. Bajó la mirada y oyó el estruendo de los coches, el bullicio inquietante de multitud de caminares y el palpitante sonido de mil y un corazones.

Respiró hondo y se dejó caer en los brazos de la siempre traicionera gravedad. A medida que su aceleración y velocidad aumentaban, sus mejillas languidecían, pasaban del rosado natural al blanquecino mortuorio, y su melena castaña se agitaba como pavo real en crisis.

La altura disminuía, el tiempo de colisión era mínimo. En un momento, en forma de *flash*, apareció toda su vida. Dos o tres imágenes se la resumieron; no había muchas cosas interesantes.

Notó el golpe, sobre todo en la espalda, como si alguien se la hiciera astillas. Sus entrañas, su dolor y sus problemas se convirtieron en cosas del pasado e imaginó que la vida eterna, el alma y el pensamiento puro eran sus nuevos compañeros de viaje.

Por fin había conseguido obtener algo propio. Su muerte le pertenecía, y nadie en el mundo podía quitársela. Había muerto por el placer de librarse de una carga que pesa más que la vida misma: la soledad. La única amiga de tantos solitarios que muchas noches susurra que el fin es un nuevo inicio.

Arriba, hacia arriba, a la velocidad de la luz hacia el paraíso soñado. ¿Existiría el viejo tópico del Dios iluminado en el trono celestial? ¿Cuánto faltaría? ¿Cómo sería de verdad?

Lloros, ahora oía sollozos impertinentes de recién nacidos; a izquierda y a derecha gritos de mocosos y olor a talco.

Y él, él estaba en una cuna, así que la nueva vida era realmente eso, «una nueva vida». El volver a nacer, la segunda oportunidad.

Pocos segundos después, cualquier recuerdo pasado se convirtió en efímero y sus pensamientos se equipararon a los de un bebé recién nacido. Aquellos segundos daban la idea de la verdad y reconocían el gran poder de algún ser que gobierna en este mundo.

Peter se convirtió en Miguel, y su inglés pocos años después fue un castellano perfecto. Y jugó, estudió, se casó y tuvo hijos, pero tampoco encontró su rumbo. Finalmente murió, esta vez por muerte natural, a los sesenta y seis años, pero el bucle continuó, porque aquella vida tampoco fue plena en muchos aspectos.

Y descubrió nuevamente en aquellos segundos antes de nacer que debería revivir hasta conseguir la vida perfecta haciendo lo que en verdad se desea, y se dio cuenta de que sólo entonces, cuando nazcas miles de veces, conseguirás vivir sin egoísmos, sin celos ni tonterías que corresponden a una primera, segunda o tercera vida…

Y al final de la última, ¿qué pasa? Pues a la reserva y al descanso eterno de tantos luchadores, los héroes verdaderos que viven su vida y disfrutan de su muerte.

Y ¿dónde está la reserva? Pues arriba, en las estrellas; si no, ¿por qué hay millones y por qué cada una tiene una tonalidad diferente?

Allá nos vamos después de cientos de vidas imperfectas y una totalmente redonda, y es entonces cuando iluminamos los anhelos de otros con la fuerza de esas vidas que tenemos dentro de nosotros. Hasta que un día nos apagamos porque nos han pedido demasiados deseos los que están empezando a vivir y no han encontrado todavía su rumbo para llegar al descanso eterno del luchador.

QUÉ BIEN ME HACES CUANDO ME HACES BIEN

LA CUCAÑA
DE LA VIDA

ALBERT ESPINOSA

**«YA HAS VIVIDO SUFICIENTE,
AHORA TE TOCA DISFRUTAR».**

*LOS SECRETOS QUE JAMÁS TE CONTARON
PARA VIVIR EN ESTE MUNDO Y SER FELIZ CADA DÍA*

———

«NO ME HABLO CON MI HIJO».

SOLO EN CASA
(ESCRITA POR JOHN HUGHES)

Qué bella esa escena en la iglesia adonde cada uno de los protagonistas acude con sus problemas. Un niño y un abuelo se cuentan sus miedos, relatan sus reacciones ante lo que parece imposible de resolver, y compartirlo hace que todo sea más sencillo. Mágica y necesaria si estás solo y necesitas esperanza. Sobrecogedora esa frase: «No me hablo con mi hijo».

Quería perder peso, llevaba más de veinte años superando los cien kilos. La idea no era suya, él se sentía bien como era, amaba su caos, pero la gente lo rechazaba cada vez más y no dejaba de mirarlo allí adonde iba.

Aquel 1 de enero decidió que intentaría perder como mínimo treinta kilos. Se pesó: justo cien kilos. Sería difícil; en alguna ocasión, a otras edades, había probado todos los regímenes posibles y nunca había logrado bajar de las tres cifras.

Se apuntó al gimnasio el 2 de enero. No le gustó lo que vio en aquella sala de musculación. Se dio cuenta de que a principios de año sólo se apuntan al gimnasio los gordos o los desesperados. Realmente él no se sentía ni gordo ni desesperado. Llevaba la vida que quería y pesaba lo que era necesario para su corpulencia, pero las críticas de la sociedad le habían llevado a tomar esa determinación.

Cogió a un instructor que siempre le llamaba «muchacho». Al principio le gustó, pero pronto se dio cuenta de que llamaba así a todos sus alumnos para no tener que recordar ningún nombre.

Además, no le gustaba cómo le miraba ni cómo le chillaba mientras hacía los ejercicios que le proponía. A las dos semanas entendió a la perfección la mecánica del entrenamiento; era tan simple que supo que podía hacerlo en solitario. Él sería su propio entrenador. Siempre se había sentido muy autodidacta en todas las facetas de su vida.

Decidió compaginar el entrenamiento con un régimen muy estricto que a las pocas semanas comenzó a dar los frutos deseados, aunque no lo podía comprobar porque había decidido pesarse solo una vez al mes para no perder la motivación con pesos diarios.

Un mes más tarde, el 2 de febrero, había perdido cinco kilos, pero entonces ocurrió algo que no esperaba. Justo cuando llegó a los noventa y cinco, hubo dos atentados en el mundo, en lugares muy alejados y causados por dos grupos terroristas diferentes, pero cada uno de ellos dejó noventa y cinco víctimas.

Cuando vio ese número en el canal de noticias y vio que era idéntico al que había visto un poco antes en su báscula, se sintió un poco culpable, aunque no tenía sentido. Él ni tenía nada que ver con aquello ni nunca había visitado ninguno de esos países.

Decidió obviar esa macabra casualidad. Siguió entrenando duro, se apuntó a un grupo de *running* y se hizo vegetariano. Se sentía pletórico.

A los dos meses llegó a los ochenta y siete kilos. Esa noche informaron de que un avión se había estrellado en Bolivia y ochenta y siete personas habían muerto.

Aquellas coincidencias eran absurdas. Su peso parecía que siempre estaba relacionado con alguna desgracia tremenda en el mundo justo el día que confrontaba su nuevo peso.

Esa vez le costó mucho dormir toda la noche.

Cuando se tranquilizó a la mañana siguiente, reflexionó y se dio cuenta de que seguramente había mil noticias relacionadas con cualquier número. Sabía que se estaba dejando llevar por un pánico absurdo. No podía ser que su peso provocase la desestabilización del mundo.

Decidió entonces pesarse diariamente para demostrar que aquello eran casualidades. Y fue increíble. Cada día perdía algo de peso, pero cuando ponía las noticias por la noche siempre hablaban de una desgracia con el número exacto de su báscula.

Un 85,6 por ciento fue la caída más grande que se recuerda en una misma empresa en la historia de la bolsa, y tuvo lugar el día en que él llegó a ese peso. Dejó a miles de accionistas en la ruina, desesperados. Ochenta y cuatro niños murieron en un incendio en Nebraska cuando perdió un poco más de peso. El día en que llegó a 81,2 kilos, en Bogotá se produjo un terremoto de 8,12 en la escala Richter. Su madre murió a los ochenta años, el mismo día en que los cumplía, cuando la báscula marcó esos mismos kilogramos.

En el entierro de su mamá lo comprendió todo.

Lo tuvo claro: él era el equilibrio del mundo. Debía engordar cuanto más rápido mejor, llegar a las tres cifras para no desequilibrarlo más. Era como si, en la cucaña de la vida, estuviera dando pasos hacia delante y desestabilizando el mundo que dejaba atrás.

Aquel día y los siguientes no paró de comer y dejó totalmente el ejercicio. En poco más de tres semanas había llegado a los cien kilos, y los superó con creces para no cometer el error de volver a bajar a las dos cifras.

Sintió paz, como si el mundo ya no crujiera. Notó que había logrado algo de equilibrio y serenidad para este universo.

La gente veía a un gordo, pero él sabía que era un superhéroe.

Cuando veía alguna desgracia por la tele, sabía que algún insensato que no deseaba cambiar pero que superaba las tres cifras estaba perdiendo peso sin saber la que estaba originando.

FALSO COMO UN PLACEBO, EFECTIVO COMO UNA VACUNA

ALBERT ESPINOSA

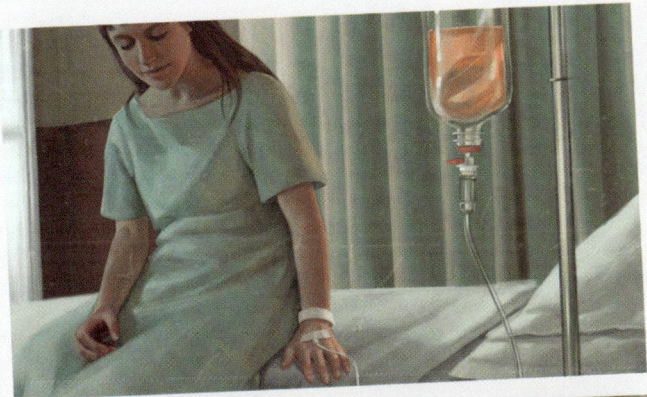

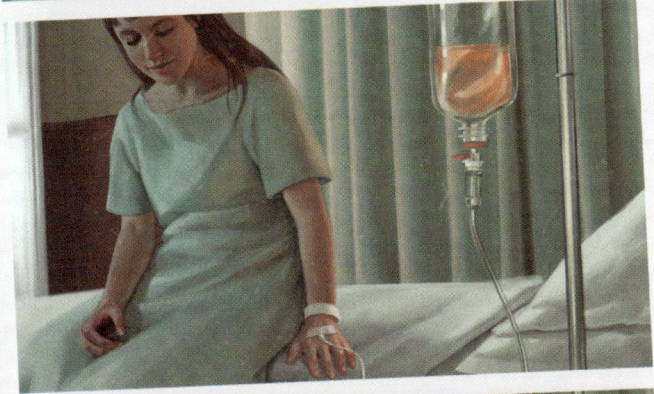

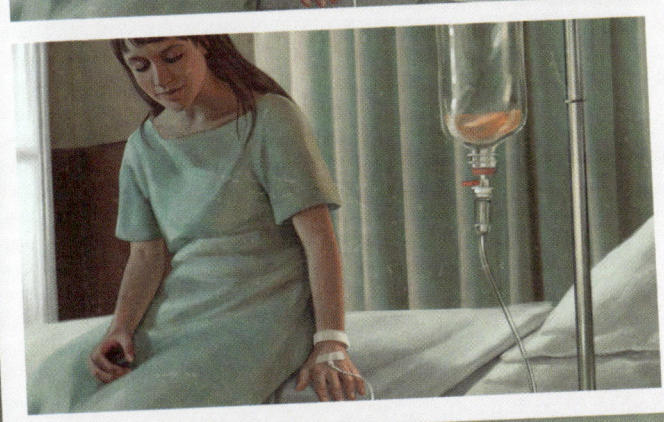

> «LAS PROMESAS SE LAS LLEVA EL VIENTO,
> DEBEMOS EVITAR QUE SOPLE».
>
> *LO QUE TE DIRÉ CUANDO TE VUELVA A VER*

BAILANDO DURANTE LAS CUATRO ESTACIONES.

BILLY ELLIOT
(ESCRITA POR LEE HALL)

Esa bella escena en que Billy baila maravillosamente al escapar de su casa por la presión de su padre y su hermano es un baile de rabia que pasa por todas las estaciones del año. Ese final que enlaza el otoño ventoso con el invierno nevado es mágico.

Tenía tantas ganas de participar en la vacuna contra ese virus... Su madre había muerto de COVID, y participar en su erradicación era algo que necesitaba para dar sentido a su vida. Cuando vio aquel anuncio en el periódico en el que decía que buscaban cobayas humanas, tuvo claro que se ofrecería.

No se lo dijo a nadie, y menos a su padre, porque no le hubiera gustado saber que participaría como voluntaria en ese experimento. Se presentó en aquella dirección y allí decidió aceptar todo lo que le pidieran. Le dijeron que tendría que estar un mes ingresada. Le pagaban bastante, pero qué importaba cuando lo que ella necesitaba era una razón para vivir y dar sentido a la muerte de su madre.

A su padre le dijo que iba de Interrail con unas

amigas; a sus amigos, que se marchaba con su padre de viaje. Durante ese tiempo le habían pedido no tener ningún tipo de comunicación con nadie para no contaminar el experimento con noticias del exterior que la pudieran modificar emocionalmente. Cero contacto y cero móviles, justo lo que necesitaba.

Se sentía una cobaya humana, y eso la hacía feliz. Siempre había pensado que deben ser los propios humanos los que salven a otros. Nunca había estado muy de acuerdo con que utilizaran animales para algo que ellos podían solucionar.

Ingresó un 12 de julio. Le inyectaron el virus y supo que treinta días más tarde seguramente habría ayudado de manera fundamental a cambiar el mundo. Aniquilar el virus era algo que necesitábamos desde hacía años. Había mutado tanto que debía ayudar a que aquel experimento fuera el fin, y la vacuna, la definitiva. Era curioso que los humanos cambiásemos tan poco y que ese bicho fuese tan adaptable en nuestro mundo.

El virus realmente no le produjo muchos efectos secundarios, aunque le tomaban muestras diarias. A los quince días le pusieron la vacuna, pero enseguida se dio cuenta de que quizá llevaba placebo tanto al inyectarle el virus como la posible vacuna. Tenía tres compañeros en la misma sala y ellos se encontraban muy mal. En el fondo deseaba enfermar o sufrir para empatizar con el dolor de su madre, y sentirse bien no ayudaba.

Todos los días le hacían análisis de sangre, heces y orina y le tomaban fotos para ver el efecto de la vacuna en el rostro y en la piel. Los otros tres eran amables, pero ella sospechaba que estaban allí por el dinero que cobrarían más que por el sueño de cambiar las cosas. Agradeció mucho no tener móvil; al menos, nada lograba romper ese instante. Le sirvió para pensar en su madre perdida y hacer ese duelo que tanto anhelaba, aunque no estuviera sufriendo como había esperado.

A los treinta días, tal como le prometieron, le dieron el alta. No había sentido casi nada. Supuso que ella había sido el placebo, y aquello la hacía sentirse inútil pero a la vez en paz por haber aportado datos que seguramente ayudarían a encontrar esa vacuna.

Volvió a casa sabiendo que no había logrado su objetivo pero imaginando que alguno de los otros tres habría recibido la vacuna y quizá cambiaría las cosas. Quizá en unos meses escuchara que habían dado con esa nueva vacuna que podía con cualquier cepa.

Estaba convencida de que su padre se enfadaría con ella por haberle engañado y que la insultaría, pero cuando llegó a casa encontró algo totalmente inesperado.

Su padre la abrazó como nunca lo había hecho. Todos sus amigos y familiares, que estaban reunidos para su retorno, lloraban emocionados al verla, como si hubiera vuelto de la tumba.

Tardó en comprenderlo, pero de golpe se dio cuenta de lo que pasaba. En realidad, no había participado en un experimento, sino que había estado secuestrada. Habían pagado un rescate enorme tras negociar durante treinta días. Les habían enviado fotos y partes de su cuerpo (pelo, sangre) para que vieran que aquello iba de verdad, justo las partes que a ella le quitaban para investigar los resultados de la presunta vacuna.

Su padre estaba feliz de recuperarla. No le importaba haber pagado esa cantidad exagerada de dinero;

la quería de una manera que no sabía que existiera. Siempre pensó que no le perdonaba que hubiera contagiado a su madre. De repente todo le había sido devuelto: el cariño perdido de su padre y la paz consigo misma.

Nunca se atrevió a contar a nadie la realidad que vivió en aquel lugar. Nunca dijo que para ella no fue un secuestro, sino un asilamiento tranquilo y descansado. Contar que no estaba secuestrada sino en un experimento de una vacuna quizá hubiera hecho que aquella paz y aquel amor desaparecieran. Además, confesar que se dejó secuestrar hubiera infravalorado tanto dolor y tal vez hubiese roto aquella reconciliación.

Aceptó ese abrazo de su padre y sintió que por fin su vida comenzaba a tener sentido. A veces la mayor vacuna para un mal es sentir la pérdida y sus consecuencias.

El padre volvió a abrazarla con fuerza. Nunca le diría que él había organizado todo aquello para provocar la reconciliación entre ellos, algo que ayudase a superar ese dolor tan difícil de solucionar si no era a través de otro trauma falso como un placebo pero efectivo como una vacuna.

De repente a ella la asaltó una pregunta: ¿los otros tres eran secuestradores o estaban también secuestrados? Le gustó pensar que era esto último, un secuestro sin dolor, sin víctimas y con beneficios cuando te liberasen.

QUÉ BIEN ME HACES CUANDO ME HACES BIEN

EL PASADO ES LA PÓLVORA DE LA FELICIDAD DEL PRESENTE **ALBERT ESPINOSA**

«EN DÍAS CLAROS, UNO DEBERÍA
PODER VER SU ALMA».

EL MUNDO AZUL. AMA TU CAOS

———

RUTAS ACUÁTICAS
POR LAS PISCINAS DEL MUNDO.

EL NADADOR
(ESCRITA POR ELEANOR PERRY Y BASADA EN EL CUENTO
HOMÓNIMO DE JOHN CHEEVER)

Esas bellas brazadas a través de tantas piscinas, yendo de casa en casa, esa huida a nado para escapar de la realidad... En ningún otro film Burt Lancaster estuvo más lúcido.

El gen de los treinta minutos lo encontraron mientras buscaban una cura para el alzhéimer. Creo que su descubridor, Norman no sé qué, ni se imaginó lo que significaba aquel hallazgo. Diría que los grandes descubrimientos siempre son por casualidad.

Su descubrimiento era muy fácil de explicar: si se te activaba ese gen, te quedaban treinta minutos de vida. Era como si tu fin estuviera decidido de antemano, y lo descubrías cuando se activaba ese gen en concreto.

Recuerdo el día en que el papa salió por la tele y dijo que se le había activado. Dio una preciosa y emotiva encíclica en directo en la plaza de San Pedro, pero a los treinta minutos su corazón falló y cayó al suelo sin conocimiento.

Muchos ricos tenían preparado un plan por si el gen se activaba. Sabían que querían tener los mejores quirófanos y los más brillantes médicos cerca para que pudieran salvarlos en ese corto lapso. Pero nada servía. Una vez se te activaba, no había nada que pudieras hacer.

Y no siempre la muerte era provocada por problemas cardiacos o ictus. El gen podía hasta oler un accidente de coche que aún no se había producido, una caída mortal o una electrocución con la nevera. Era increíble que detectara cosas que no habían ocurrido pero que el destino te tenía preparadas en media hora.

Con el tiempo ya nadie lo llamaba el gen de Norman, sino el gen del destino. El destino predeterminado está dentro de nosotros, y cuando ese gen se activa, el destino acaba contigo.

Al principio se llenaron los laboratorios diariamente; todo el mundo deseaba hacerse la prueba. Con el tiempo ya no hacía falta analizarse allí porque la tecnología había visto el negocio y se habían fabricado unas preciosas pulseras lilas que estaban conectadas con tu cuerpo para analizar al instante la aparición del gen. Si se activaba, la pulsera cambiaba de lila a verde y sonaba una canción concreta. Cada uno podía elegir la que quisiera; en cambio, los colores no los podías cambiar. No sé por qué eligieron esos dos en concreto, imagino que porque no eran estridentes.

Fue un éxito de ventas, pero no todos la compraron, porque había una minoría que no deseaba saber de su fin si realmente era imposible de solucionar. Otros, en cambio, querían poder despedirse de sus seres queridos y arreglar asuntos de última hora, bueno, de última media hora. Fue el regalo estrella durante tres Navidades porque luego ya no quedaba nadie que no la tuviera y no era un producto que pudiera tener muchas versiones.

A mi madre le cambió de color en una piscina. No me dijo nada, creo que me quiso ahorrar el trauma. Se ahogó en aquella piscina a los treinta minutos, y el imbécil del socorrista ni se percató hasta que un niño chilló. Ese niño fui yo. Ella amaba nadar, y supongo que cuando vio ese verde en su pulsera decidió que morir practicando su pasión era un buen final.

Mi padre lo supo mientras estaba en su cena de jubilación. Dijo el médico que lo atendió que una ostra de la parrillada de pescado que tomaba no estaba bien. Tampoco me llamó, aunque en esa época yo tenía dieciocho años. Creo que se le hacía tan cuesta arriba vivir jubilado, sin motivaciones, que aunque viera que le había cambiado de color decidió acabar de pegarse un buen atracón y marcharse cuando aún se sentía un ser útil.

Quizá por ello yo no compré la pulsera. Tenía la esperanza de morir como mis abuelos, sin enterarme, o simplemente soñaba que viviría eternamente.

Pero, aun así, aquella noche todo cambió y me enteré de mi muerte. En aquel avión con destino a Montreal, todos los pasajeros se pusieron a gritar y me despertaron del sueño profundo que había logrado obtener.

La pulsera se les había puesto de color verde y habían comenzado a sonar éxitos musicales de épocas diferentes. Fue como un *revival* musical en toda regla. Todos tenían claro que habría un accidente de avión; era lo único posible. El decalaje en ponerse verde la pulsera indicaba que algunos morirían al instante, con el impacto, y otros un par de minutos más tarde, por las consecuencias.

Todos gritaban, muchos rezaban y algunos intentaron conectar con sus seres queridos, sin mucho éxito porque estábamos en medio del mar y no había cobertura.

El piloto prometió por megafonía que aquello no ocurriría, que seguramente se había producido un fallo de las pulseras por contacto con los instrumentos del avión, que aterrizaríamos enseguida, que encontraría la manera de llegar a algún sitio…, pero ambos motores dejaron de funcionar mientras él hablaba.

Todos sabíamos que no decía la verdad y que no aterrizaríamos. Por las pantallas personales veíamos que estábamos en medio del océano y que caíamos a toda velocidad.

Yo sabía que aquello no tenía solución y decidí seguir durmiendo, aunque era casi una misión imposible. Cerré los ojos y, a pesar de que a mi alrededor reinaba el caos, no me alteré lo más mínimo. Pensé en aquella frase que siempre decía mi abuelo:

«El pasado es la pólvora de la felicidad del presente». Me agarraba a esa máxima y recordaba esos pocos instantes de felicidad que había logrado obtener en mi vida.

A los veintinueve minutos del cambio de color de muchas pulseras, casi no teníamos altitud y sonó un impacto brutal contra el mar. Pensé que mi padre y mi madre habían tenido un fin más pacífico y pasional.

El golpe fue tan brutal… Oía que los que seguían con vida después del impacto buscaban como locos una salida mientras yo seguía sin hacer nada, quieto y con los ojos cerrados…

Cuando desperté en el hospital no comprendía nada. Había sido el único superviviente de aquel terrible accidente. Me habían encontrado de milagro en medio del océano, atado a mi asiento y casi sin pulso. Fue como si aquel asiento fuera mi flotador personal. Siempre he creído que no saber que sobreviviría me salvó, o quizá no, quizá si hubiera llevado la pulsera habría descubierto que no estaba predestinado a morir aquel día.

Lo que es seguro es que si la hubiera llevado y mis compañeros se hubieran dado cuenta que no se había activado y que iba a sobrevivir, sus celos habrían acabado conmigo, porque me hubieran sacado de mi asiento pensando que la posición que tenía en el avión era la clave de mi supervivencia.

No lo sé y jamás lo sabré; sigo sin llevar pulsera y dejándome llevar, porque eso es la vida, dejarse llevar y crear pólvora para tu felicidad futura.

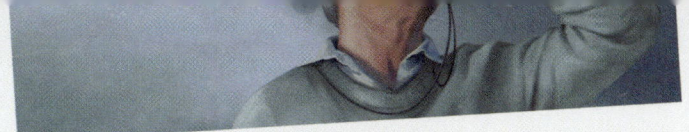

QUÉ BIEN ME HACES CUANDO ME HACES BIEN

CORAZONES CON FORMA DE CHULETONES

ALBERT ESPINOSA

> «CADA FAMILIA TIENE LOS COBARDES
> QUE SE PUEDE PERMITIR».

BRÚJULAS QUE BUSCAN SONRISAS PERDIDAS

CONVERSACIONES AL LADO DE LA VÍA.

CUENTA CONMIGO
(ESCRITA POR RAYNOLD GIDEON Y BRUCE A. EVANS
Y BASADA EN UN CUENTO DE LA NOVELA
LAS CUATRO ESTACIONES, DE STEPHEN KING)

En esa escena al lado de la vía del tren, River Phoenix y Will Wheaton logran explicar a la perfección los miedos respecto al futuro. Ese no saber dónde ir pero que tu compañero del alma te aconseje y te marque un rumbo. Años más tarde, en *El indomable Will Hunting*, Ben Affleck y Matt Damon repitieron al lado de un edificio en construcción esa secuencia con la misma fuerza.

Era su primera película como director de cine. Después de tantos años como guionista, ser realizador le ofrecería la oportunidad de dar un sentido nuevo y diferente a su propio guion.

Se sentía por fin dueño de su destino. Después de tantos años siendo sólo guionista y aceptando que otros cambiaran parte de su historia, era libre. Aunque seguramente durante todo aquel rodaje cambió más cosas de su guion de lo que hubiera hecho cualquier otro director de cine al que hubiera odiado por solicitar esas mismas variaciones.

Siempre se acordaba de cuando preguntaron a Billy Wilder si un director debía saber escribir y respondió que bastaría con que supiera leer.

Escogió meticulosamente al equipo. Poca gente lo sabe, pero el equipo que seleccionas para una película es parte de su éxito y de su eficacia. Al final, el director contesta a las preguntas de ese equipo. Cuantas menos preguntan hagan, más respuestas resuelven ellos solos y te hacen mejor director.

Escogió a los mejores de cada uno de los proyectos en los que había participado como guionista. Le gustaba ir a los rodajes y observar a los buenos profesionales. El ayudante de dirección era una estrella en su especialidad. Además, no ansiaba dirigir, sino que amaba ser un altavoz del director, sacar la furia que éste no podía con el equipo cuando fuera necesario y relatarle con suavidad los problemas que se originaban en el día a día.

El fotógrafo que escogió era rápido y siempre decía esa preciosa palabra de «deseándolo» que a él le entusiasmaba. Amaba la pasión en todos los que le rodeaban, y que alguien desee filmar es lo mejor que te puede pasar en un rodaje.

Contaba también con el mejor equipo de eléctricos, que, para los que no lo saben, son la parte más importante de un rodaje: los que colocan los focos, logran que la electricidad fluya y tienen la fuerza de ocho leones juntos.

A él le emocionaba sobre todo el jefe de los eléctricos. Tenía edad de jubilarse pero no lo hacía, era un experto en su profesión e insuflaba felicidad y experiencia a todo el rodaje.

Recordaba que el primer día de rodaje le dio la mano de una forma tan cálida que sintió que aquel hombre sería su amigo toda la vida. Era como si le hubiera pasado electricidad, y notó que aquello haría que el rodaje tuviera luz propia. El viejo eléctrico se sentó junto a él durante la comida y le contó los problemas que veía en el equipo, la gente que seguramente le complicaría ese rodaje, y le animó a cambiar de empresa de *catering*. Las conocía todas, y le aconsejó una que preparaba unos platos calientes muy buenos y que ofrecía un gran surtido de carne a la parrilla, ensaladas y frutas.

Le hizo caso en todo. Cambió al encargado de peluquería, que siempre daba problemas, y contrató ese *catering*, que cada viernes organizaba una barbacoa al aire libre y que resultó uno de los momentos más esperados del rodaje, ideal para socializar. Se crearon tres parejas nuevas.

Sólo eran veintiocho días de rodaje, pocos exteriores, y no hubo muchos problemas. No sabía si saldría una gran película; las óperas primas nunca lo acaban siendo. Siempre hay excepciones, como *Ciudadano Kane* o *Reservoir Dogs*, pero normalmente el mérito es lograr hacer una segunda película.

Estaba contento sobre todo porque había conseguido una risa nueva. Le había salido una felicidad tremenda que hacía que cada mañana, cuando planificaba con el director de fotografía y su ayudante de dirección, disfrutara mucho. No recuperó esa risa hasta que rodó su segundo film quince años más tarde.

Su amigo el eléctrico sabio se sentaba cada día junto a él en el desayuno y tomaban un café solo y un cruasán sin cuernos. A la hora de comer prefería hacerlo con el resto de los eléctricos porque consideraba que compartir mesa con su equipo también formaba parte de su trabajo, quizá la parte más importante para corregir cualquier problema del rodaje.

Con las semanas hablaron mucho de cine, pero sobre todo de la vida. Con los días acabó conociéndole más y no dejaba de asombrarle esa capacidad que tenía el jefe de eléctricos para saber cuándo saldría el sol en medio de un día nuboso.

Miraba el sol con una especie de monóculo. Aquel aparato tenía un filtro muy potente que permitía observar directamente el astro y que no te pasara nada. Así era como veía que las nubes que se interponían se iban moviendo, sabía la velocidad exacta que tenían y cuándo desaparecerían y aparecería el sol. Eso era perfecto porque su director de fotografía «lo deseaba» y podía decirle el segundo exacto al que debía comenzar a filmar y hasta el tiempo exacto que duraría la escena con la misma luz.

Pero su luz se fue apagando al final del rodaje. Un día entró en una habitación de la casa donde rodaban. El director primerizo jamás había entendido que alguien estuviese dispuesto a prestar su casa para rodar y aceptase que cincuenta personas asaltaran su hogar durante unos días. Siempre había creído que la gente del equipo se lleva pequeños objetos como recuerdo, nada de valor, pero es como un peaje al que te enfrentas.

Y cuando el director entró en aquella habitación por error, encontró a su gran eléctrico descansando, tumbado en aquella cama ajena. Se quedó tan extrañado… Él, que siempre había sido luz, fuerza y energía, estaba reposando en mitad de una secuencia.

El director se disculpó, pero su eléctrico sabio no le dejó, era él el que debía disculparse y así lo hizo muchas veces, no sabía qué le pasaba, cómo había podido hacerlo, se sentía cansado, la espalda le dolía mucho y no comprendía por qué.

Aquello era una señal inequívoca de que algo no funcionaba bien, y todo el equipo lo fue notando. Su fuerza disminuyó y se le notaba agotado. Las pruebas que le hicieron a los pocos días confirmaron lo peor: un tumor le estaba invadiendo el cuerpo a una velocidad terrible. Su luz se apagaba porque su oscuridad interior era casi total. No hacía falta su monóculo mágico para saber que aquello era inminente. También vieron en una de las pruebas que su corazón tenía forma de chuletón de buey, y ese enorme corazón era lo que hacía que todavía siguiese en pie y al pie del cañón.

Su fiel eléctrico aguantó hasta el último día de rodaje. No había fallado en ninguno de los ochenta y cuatro anteriores. Pero aquel día fue el último: se desplomó al final de la última secuencia rodada. Todos supieron, cuando los servicios de emergencias se lo llevaron, que no había nada que hacer. No hubo aplausos de fin de rodaje, nadie se movió de aquel último set.

Cuando llegó la certificación de su muerte por parte del hospital, todos estuvieron de acuerdo en hacer un minuto de silencio. Pero su ayudante de eléctricos —en el cine siempre hay un ayudante para todo cargo importante—, ese hombre pequeño pero fuerte como cinco tigres y que seguramente era el que lo conocía mejor, pidió que no fuera un minuto de silencio, sino un minuto de ambiente. El ambiente es aquello que rueda el equipo de sonido al final de cada jornada y que sirve como ruido de fondo para dar veracidad a la secuencia cuando se hace el montaje.

Todos sabían cómo le agradaba al viejo eléctrico ese momento final de grabación de ambiente. Siempre decía que durante los ambientes no sólo se graba el sonido del lugar donde ruedas sino también los pensamientos del equipo, y sirve para reposar después de un día frenético y que algunos piensen en su vida, en rupturas recientes, en personas que perdieron y hasta en la lista de la compra. Y lo mejor es que ese ambiente lo crean los mismos que han participado en la película, por lo que sus pensamientos quedan para siempre fundidos con el film.

Y así lo hicieron. Permanecieron en silencio, se rodó el ambiente de aquella última secuencia, y para siempre quedó grabado a fuego en el celuloide el dolor y la tristeza por ese gran eléctrico. Hasta el sol quiso participar y asomó la cabeza durante ese minuto exacto de silencio y ambiente. Supongo que también él quería despedirse de esa mirada que seguramente le calmaba y le daba la paz cuando las nubes lo turbaban.

Y es que las grandes personas controlan la naturaleza con su energía propia y son parte del celuloide que crean.

QUÉ BIEN ME HACES CUANDO ME HACES BIEN

TU MUNDO,
MI UNIVERSO

ALBERT ESPINOSA

«VOLAR SEPARADOS O ESTRELLARNOS JUNTOS».

LO QUE TE DIRÉ CUANDO TE VUELVA A VER

———

«NO FUE CULPA TUYA».

EL INDOMABLE WILL HUNTING
(ESCRITA POR MATT DAMON Y BEN AFFLECK)

Nunca una secuencia estuvo mejor creada con menos palabras. Repitiendo «No fue culpa tuya» con diferentes tonos, Robin Williams logra romper la coraza que se ha creado Matt Damon durante años. Esa secuencia y la del parque, donde desarma a Will explicándole que el dolor es la emoción suprema y que no hay atajo para aprenderlo. Una maravilla que cambió el rumbo de mi vida.

Érase una vez una chica que cuando nació medía mucho. A los pocos años de vida, su cabeza casi rozaba el final del planeta y cuando abría sus brazos salían del país en el que habitaba.

Todo el mundo comenzó a asustarse. Era demasiado diferente en aquel planeta en el que la gente medía tan poco. Cuando andaba, todos temían que los pisase, y cuando comía, dejaba sin alimento a un continente entero.

Decidieron regalarle una isla, la más grande del planeta, para que viviera allí sola, pero la pobre chica no dejaba de crecer. Cada vez pesaba más, y la isla donde vivía se fue hundiendo hasta que ella decidió nadar y en pocas brazadas volvió a su ciudad natal.

Los habitantes del planeta se reunieron y decidieron que aquel ser no podía vivir junto a ellos. Le construyeron un traje espacial gigantesco y le pidieron que, de un salto, se marchara de allí.

Y ella lo hizo, aceptó. Se despidió de sus pequeños padres y, de un salto, desapareció del planeta. No le apetecía hacerlo, pero sabía que su hambre voraz y sus ganas de jugar y saltar acabarían con su mundo natal.

El planeta entero suspiró de alivio cuando la vieron marchar, pero también dejó un gran vacío. Se habían acostumbrado a su risa estruendosa que hacía resonar ese mundo y provocaba tormentas. Una gran sequía y un gran silencio azotaron al planeta tras su marcha. Sin ella, ahora todo era triste, sencillo, rutinario y normal. Se dieron cuenta de que se habían equivocado, pero ya era tarde.

Nuestra heroína vagó por el espacio buscando un planeta grande donde pasar la vida a sus anchas. Estuvo muchos meses a la deriva, de sistema en sistema, vio casi quinientos planetas, pero todos eran minúsculos y estaban deshabitados… Pensaba en la soledad que sufriría, y ya no quería aterrizar en ellos.

Fue pasando el tiempo, y temía que aquella enorme bombona que ocupaba miles de estadios de fútbol y que le habían construido se quedara sin oxígeno.

Pero cuando parecía que su fin estaba cerca, de repente apareció el planeta ideal. Era enorme, era azul, estaba en un sistema solar y hasta tenía una bella y gigantesca luna.

Llegó a toda velocidad, usando la propulsión y la fuerza de su cuerpo, y se dejó caer hasta llegar a la superficie del planeta usando un paracaídas enorme que le habían diseñado a su medida. Enseguida se dio cuenta de que aquel increíble lugar estaba habitado.

Había ríos, mares y un montón de personas como ella: allí todos eran gigantescos, medían dos metros, pero no lo parecían porque aquel planeta era perfecto para sus medidas y hasta diría que lucían pequeñitos.

Decidió instalarse en una ciudad que se llamaba Barcelona, y enseguida tuvo muchos amarillos. Se dio cuenta de una gran verdad que había olvidado: cuando encuentras tu lugar en el mundo, lo reconoces al instante.

Y ella no sólo había encontrado su mundo, sino un universo donde ser ella misma con su propio caos.

Si no encajas, quizá es que tu mundo se te ha quedado pequeño y debas aventurarte a descubrir otros universos.

QUÉ BIEN ME HACES CUANDO ME HACES BIEN

HASTA QUE
LA CICATRIZ SE CURE

ALBERT ESPINOSA

«LA VIDA ES UN IR Y VENIR DE GIRAR POMOS».

TODO LO QUE PODRÍAMOS HABER SIDO TÚ Y YO
SI NO FUÉRAMOS TÚ Y YO

———

«*STAY GOLD*».

REBELDES
(ESCRITA POR KATHLEEN ROWELL Y BASADA
EN LA NOVELA HOMÓNIMA DE S. E. HINTON)

Qué bello ese instante en que Johnny le dice a Ponyboy «Sigue siendo dorado». Ambos chavales acaban creando uno de los momentos más épicos del cine de todos los tiempos. Aceptan que deben permanecer siempre dorados para sobrevivir en esta vida. Una maravilla para los sentidos.

Nunca imaginé que aquel invento lo cambiaría todo. Yo amaba cualquier aparato que midiese algo; los tenía casi todos en mi casa y los coleccionaba. Desde pequeño me parecía algo maravilloso que pudieras saber con exactitud la medida de una constante, fuera cual fuese.

El primer invento que me fascinó fue el termómetro de mercurio. Te lo ponías y aquella línea gris subía hasta marcar la temperatura de tu cuerpo. Y no sólo eso, sino que se quedaba allí, así que cuando volvías a enfermar sabías cuánta fiebre habías tenido la última vez, seguramente porque creciste, y debías agitarlo para que bajara y que pudieras volver a tomártela. Me parecía tan fascinante que tuve que romperlo, y descubrí que la línea era un elemento químico líquido. Increíble.

A mi madre no le gustó demasiado esa investigación, pues acabé en el médico, intoxicado por inhalación de mercurio. Esa primera visita a un hospital me entusiasmó porque descubrí aparatos para tomar la presión, análisis de sangre que medían todas mis constantes, pequeñas tiras para controlar mi orina y electrocardiogramas que podían saber el funcionamiento de mi corazón. Sólo tenía siete años y sentí que no podía haber nada más interesante: la exactitud en forma de números en un mundo que ya presentía lleno de incertidumbres.

Según crecía, mi afición también lo hacía. Para mi cumpleaños y en Navidades siempre me regalaban aparatos para medir que me tenían fascinado; primero eran analógicos pero después llegaron los electrónicos, que todavía eran más exactos.

Soñaba con crear aparatos que midiesen cosas alucinantes. Poder conocer cuánto oxígeno posees en la sangre me alucinó, ya que sólo poniendo un dedo podías saber cuándo te saturabas, y también era una proeza poder tomarte la presión en tu propia casa con un artilugio fácil de utilizar para cualquiera.

Decidí estudiar Ingeniería para dedicarme a construir mis propios aparatos. En casa no teníamos mucho dinero, pero la ruleta se me daba bien. Yo no apostaba, yo era el crupier que lanzaba la bola. Enseguida me di cuenta de que, según la velocidad a la que lo hacía y la fuerza que le daba a la ruleta, siempre iba al sitio que deseara. Tenía un par de amigos con los que compartía ciertas señales para que apostaran por mí, ya que podía ser muy certero con mis predicciones. Con eso me pagaba los estudios. No estaba orgulloso de aquella triquiñuela, pero para mí aquello no era trampa, tan sólo había dominado mi juego de muñeca.

Perfeccioné algunos medidores para los teléfonos móviles; cuando el COVID, trabajé en laboratorios para crear PCR más rápidas y hasta innové para que tan sólo con una tira reactiva sobre tus uñas pudieras saber si eras positivo. Pero eran nimiedades, medidas que no me aportaban ninguna emoción. Deseaba dar con un gran descubrimiento.

Tardé tiempo. Decidí dejar todos los trabajos absurdos de ingeniero que me daban poco dinero y mucho dolor de cabeza y me dediqué profesionalmente a la ruleta. Ya no lanzaba la pelotita: apostaba. Era más complicado, pero si miraba al crupier fijándome en cómo bombeaba sangre por el tamaño de su vena carótida, en el grosor de sus manos y sus bíceps, no era difícil calcular la zona a la que iría la bola. No ganaba mucho, pero lo suficiente para sobrevivir sin trabajar y poder dedicarme a la experimentación en busca del invento que cambiara el mundo.

En el amor no me iba bien, nunca encontré a la persona perfecta, y tampoco dejaba que pasara mucho tiempo si veía que la cosa no fluía. Normalmente, cuando comenzaba a salir con alguien, me hacía un corte y esperaba a ver cómo funcionaba la relación hasta que la cicatriz se curase. Me parecía una medida bastante exacta porque tenía que ver con el propio organismo y su sistema inmunitario.

Nunca encontré el amor antes de que la herida cicatrizase del todo. Tal vez por eso no creía en el amor y acabé pensando que quizá no existiera.

Nunca me peinaba; recordaba a aquella chica despechada que me dijo que no encontraría la felicidad despeinado. Me hizo pensar mucho esa afirmación.

Y un día pensé que ahí estaba el medidor que necesitaba crear. ¿Y si alguien pudiera medir el amor en un número, lo que sienten dos personas a lo largo de su vida en pareja de una forma simple y numérica?

¿Qué pagaría la gente por ello? No te daría la seguridad de haber encontrado el amor de tu vida, pero al menos podías saber numéricamente qué sentían las dos personas. Me encantó la idea, supe que ahí estaba el proyecto de mi vida, para el que había nacido.

Mis conocimientos de ingeniería no bastaban. Debía comenzar a estudiar Medicina y muchas otras especialidades para encontrar la forma de crear ese medidor.

Era complejo, porque el amor es algo que reside en el cerebro, en el sexo, en el corazón, en el organismo entero. Debía juntar miles de valores para obtener un número que sirviese para medirlo. No podía ser uno entre 1 y 10; la gente siempre sentiría que le querían poco aunque obtuviese el máximo. Era mejor algo entre 0 y 36. Me encantó la idea: juntarlo con mi otra pasión, el mundo del juego y la ruleta.

Tardé años en estudiar tantas especialidades y en perfeccionar el aparato correcto, correlacioné miles de variables que me parecía que estaban relacionadas, pero sobre todo deseaba que fuera algo fácil de usar, que no tuviera que ver con análisis de sangre complejos en un laboratorio, sino algo que pudiera medir la propia pareja en su casa, en la intimidad. Nadie desea mostrar al mundo el tamaño de su sexo ni el de su amor.

Una noche se me ocurrió la forma del aparato. Siempre me habían encantado esos cuatro palos en cruz que te ayudaban a girar la ruleta. Haría uno de metal dorado de sólo dos palos: la pareja debería introducir los dedos y en la parte de arriba aparecería la medida electrónicamente en forma de número. Me parecía emocionante que tardases en ver ese número, que no fuera automático, sino que tuvieses que esperar unos segundos con ese sonido de la ruleta girando, que me parecía el más adrenalítico que conocía. La incerteza y la espera formaban parte del invento.

Cuando acabé de programarlo, supe que lo tenía. Al introducir los dos dedos índice, el programa barajaba casi doscientas cincuenta variables, incluido un pinchazo que te sacaba una gota de sangre y cuya cicatriz se curaba casi instantáneamente. Estudiaba en menos de treinta segundos todas las variables de la pareja, sonaba aquel sonido de la ruleta y te daba ese número entre 0 y 36.

Estaba alucinado. Creía que podría ser el regalo perfecto para todos los eventos: cumpleaños, bodas, Navidades, bautizos. ¿Quién no querría tener uno en casa? Era como los termómetros, por eso decidí que la última medición quedara grabada, así las parejas, cuando volviesen a medir el amor que los unía, podrían comparar.

Pero necesitaba probarlo. Decidí, como los grandes inventores, hacerlo en mí mismo.

Cada vez que quedaba con una pareja, antes de que mi cicatriz se curase, le explicaba mi invento y le pedía si quería probarlo. Algunas estaban de acuerdo, otras pensaban que eran trucos de charlatán que intenta engatusarte, pero al final todas aceptaban. Yo era un seductor y un jugador, y si eres bueno en el juego, lo acabas siendo en la vida. Algunas reconocían el diseño del casino en el aparato, aunque con sólo dos palos era más complicado.

Lo curioso es que lo que yo sentía por ella y lo que ella creía que sentía por mí se reflejaba en el aparato. A veces había deseo, otras sexo o algo de amor, pero nunca superábamos el 12; siempre lograba una tercera parte del amor máximo. Quizá lo máximo en el amor que yo podía conseguir de una relación era 12 sobre 36, aunque tal vez fuera así porque aún no había conocido a la persona perfecta.

Decidí probarlo en otra gente que no fuera yo mismo, y lo intenté con parejas ya consagradas, pero casi todas se mostraron reacias. Creo que tenían miedo de dar poco y que eso descubriera las carencias que ellos mismos ya conocían. No lo sé… Al final sólo aceptó mi familia más próxima: mis padres dieron un buen 20 y mi hermano y su mujer se quedaron en el 17.

Necesitaba encontrar una pareja que se amara tanto que llegase al 30, que era la medida que se podía considerar amor verdadero. Como no conseguía que nadie participase, decidí poner anuncios y pagar por ello. Tuve que hacer horas extras en otros casinos, pero al final, después de una buena racha gracias al 17 y al 19, pude dedicar toda una semana a pagar a parejas enamoradas.

Debían responder preguntas sobre temas variados relacionados con su relación, nada muy personal, y finalmente les hacía introducir los dedos en aquel aparato. No les contaba de qué iba aquello porque pensaba que, cuanto menos supieran, más real sería el dato.

Ninguna pareja alcanzó al 30, y eso que eran de diferentes edades y estaban en distintos momentos emocionales: las había felices que llevaban sesenta años juntos, jóvenes que no llegaban a los tres meses y parecía que estaban en celo, otras que acababan de tener un niño y algunas que eran la envidia de todos por su belleza y acaramelamiento.

O mi aparato no funcionaba o el amor verdadero, ese amor que supera el 30, no existía.

Pero seguí investigando y estudiando durante años, cambiando algunas variables, mejorando otras y probando el aparato. Nada, no lograba llegar a ese número. Era como alguien que nunca cogiese fiebre. Volvieron parejas que ya habían venido, y era terrible ver que en todas el número decrecía. El amor, con el tiempo, siempre menguaba, una realidad que habría preferido no averiguar.

Hasta que un día ocurrió. Llegó una pareja, pero en realidad eran tres. No me lo esperaba. Era una relación abierta, y los tres parecían bastante felices. Venían sobre todo por la recompensa económica del anuncio. Decidí probarlos; no era difícil añadir un tubo más. Estaba creado para cuatro, y siempre dejé la posibilidad de que dos parejas pudieran probarlo a la vez.

Modifiqué los datos del programa y les hice introducir los tres índices sin pedirles información previa. Lograron un 32. No me lo podía creer. El amor entre dos era limitado. El amor entre tres era volcánico.

Decidí centrarme en tríos, pero no en el trío como sexo, sino como relación estable. Curiosamente, no funcionaba con todos, pero con algunos llegué a obtener un 34. Era increíble: había tríos que eran una mierda a nivel de amor y no llegaban al 10, pero en cambio otros rozaban el máximo. Y es que lo que medíamos era el cariño que se profesaban esas personas entre ellas, y era curioso que, cuando eran tres, aparecía ese amor verdadero.

Quizá fuera eso. Comencé a salir con alguien y le

dije que podía añadir a alguien, o si lo prefería yo añadiría a alguien, no importaba si era un chico o una chica pero quería una relación de trío. Costó encontrar a esa tercera persona, pero os he de decir que una vez que fuimos tres conseguimos llegar al 20. Yo, que era una persona de 12. No estaba nada mal. Sin duda, ahí estaba el amor.

Añadí una cuarta persona, pero aquello era peor, los números descendían totalmente y muchas veces no se llegaba al 8. El trío era la base. Relaciones de trío consensuadas, duraderas y enamoradas.

No significaba que una pareja no funcionara, sino que el amor, según mis parámetros, existía en plenitud cuando eran tres personas las implicadas.

Por fin tenía datos fiables. La pregunta era si lanzarlo, si el mundo estaría abierto a lo que era el amor, a saber que sus relaciones eran incompletas, que podían sentir más amor y más pleno si encontraban a esa tercera persona.

Tardé tiempo en decidirlo; estaba en el casino mirando cómo giraba la ruleta y cómo la gente se ponía triste porque había elegido el número equivocado… Nadie quiere perder, eso estaba claro. Nadie quiere que le digan que lo máximo que obtendrá es un 28. Pasaba como con los termómetros: saber que nunca tendrás más de 45 de fiebre es lo que hizo que los termómetros acabaran en esa cifra.

Lo vi claro: 21 sería el número máximo, como en el *black jack*. Era lo mejor; deseaba inventar algo para medir el amor, no revolucionar ese mundo. Lo llamé RED JACK en honor al corazón y al juego.

Lo que pasó fue un éxito sin precedentes; mi invento, aunque estaba falsificado y adaptado, causó una revolución. Muchas parejas se separaron, otras se lo tomaron como una competición. Lograr el 21 les hacía sentirse especiales, sentir que habían encontrado a su media naranja. Pero yo sabía la verdad: en realidad, faltaba una pieza.

Viví holgadamente el resto de mi vida. Las dos personas a las que elegí para mi trío de amor me llevaron a un 35 de mi antiguo aparato. No estaba nada mal, negro, impar y pasa. Quizá algún día lograra el 36… Lo deseaba tanto…

QUÉ BIEN ME HACES CUANDO ME HACES BIEN

EL CHICO
DE ACERO

ALBERT ESPINOSA

«"AMAR" SÓLO SE PUEDE CONJUGAR EN PASADO».

SI TÚ ME DICES VEN LO DEJO TODO... PERO DIME VEN

———

ESCENAS DE FELICIDAD JUNTO A UNA RULETA.

LA BAHÍA DE LOS ÁNGELES
(ESCRITA POR JACQUES DEMY)

Cualquiera de las secuencias en el interior del casino te hace comprender la pasión de los protagonistas y el amor que profesan hacia el juego que practican y los une. Nunca el sonido de la ruleta ha sido mejor recreado en el cine.

No tengo amigos. Si no has tenido amigos, no hace falta que te explique más, porque sabes lo que es no tenerlos, y si además tienes diez años, eso hace que te sientas muy vacío.

Yo lo intentaba. Siempre salía en busca de amigos en el colegio, en el patio y en aquella urbanización. Pero la gente no quería mi amistad. Me creé entonces ese mundo propio. Hablaba solo, me gustaba pensar que los muñecos con los que jugaba me escuchaban, y me parecía que estaba un poco acompañado, pero realmente me sentía igual de solo.

Tenía un hermano, pero nada más salir de casa corría hasta dejarme atrás y perdido. Yo pasaba esas horas solo y luego volvía a casa y no contaba nada a mis padres porque, si no, mi hermano me pegaba. Me sentía solo, no tenía amigos ni tampoco hermanos.

Mi padre se marchó cuando yo nací. Me abandonó, no a mí, supongo que a mi madre, porque a mí no me conocía, pero es duro pensar que alguien te deja antes de existir. Cuesta asimilar que seas la razón de una ruptura. Nunca había hablado de ello con mi madre. Me sentía solo, aunque por dentro siempre intenté pensar que era un chico de acero, un chaval fuerte. Mi abuela decía que lo era.

Aquel día, cuando estaba en el cuarto baño de casa, decidí que estaba cansado. Echaba tanto de menos a mi abuela… Ella, cuando me bañaba de pequeño, me contaba historias. Siempre me decía que en el patinejo del baño de aquel edificio de quince plantas había tesoros escondidos. Sabía que era mentira, cuentos para niños. Cuando llegas a las dos cifras, hueles esos cuentos de baratija para críos. Pero mientras estaba en el baño y me preguntaba por qué la gente no me quería, sentí ganas de investigar y lanzarme por ese patinejo, no para quitarme la vida, sino para ver esos tesoros, averiguar si existían. Cuando estás muy solo, tu imaginación va a mil y te coges a cualquier clavo ardiendo.

Quité todos los cristales Gravent que evitaban que alguien cayese accidentalmente por ese canalejo. Antes de investigar, le dije a mi madre que estaba bien, que sólo me dolía el estómago, para que no se preocupara y comenzara a aporrear la puerta. Ella no me respondió. Ponía la música a todo trapo, casi siempre boleros de los Panchos que describían a la perfección su estado de ánimo en los últimos diez años.

Ella también estaba sola, nunca se permitió volver a confiar en nadie después de aquel abandono, pero jamás hablábamos de la soledad que compartíamos, era como un tema vetado.

Me metí en aquel pequeño canalejo. Apestaba; los tesoros, si estaban allí, no olían bien. Intenté trepar hacia arriba, pero no veía cómo hacerlo, no tenía suficiente fuerza y decidí bajar. Yo vivía en el noveno piso. Quería ir con cuidado para no acabar estrellado, ponía el cuerpo en ambos laterales de aquel tubo con mucho cuidado. Me sentía como un aventurero.

A los pocos minutos de estar ahí dentro, me di cuenta de que no tenía suficiente fuerza ni destreza para bajar con cuidado; debía de haberlo pensado mejor. Mis piernas no lograban hacer la cuña perfecta para resistir, mis brazos no me daban impulso, así que comencé a escurrirme hacia abajo.

Tenía miedo. No quería morir, pero cada vez caía a más velocidad, hasta que después de dar muchas vueltas a plomo pude agarrarme a una cañería. No sabía ni cómo lo había logrado.

Entonces comencé a gritar tanto como pude. Me sentía más solo que nunca, estaba oscuro y tenía miedo porque olía a suciedad y a sangre. Siempre hay un escalón inimaginable debajo del que parece el último. Así me sentía, en mucha más soledad.

De pronto oí una voz de mujer. Me sonaba familiar, del ascensor; era del cuarto. Me habló, me preguntó quién era y me pidió que aguantara. No la veía, sólo la escuchaba. Oí cómo le pidió a su hija que me hablara mientras llamaba a los bomberos.

Su hija tendría mi edad, por la voz. No recordaba haberla visto, supongo que porque ella cogía el ascensor de los pares y yo el de los impares, pensé. Me habló, aunque tardó en hacerlo. La noté nerviosa al principio. Poco a poco me fue contando parte de su vida, era muy interesante, tenía una forma de ver el mundo muy imaginativa y parecida a la mía.

Me pedía que aguantara, me hablaba cariñosamente y me dedicaba tiempo, tres cosas que nadie me había ofrecido nunca. Casi estuvimos cuarenta minutos hablando, hasta que un bombero enorme me extrajo con una fuerza brutal cuando ya no podía aguantar más.

Cuando salí, sucio y con un corte feo en la frente, me reencontré con esa voz y esa persona: era una chica increíble que me sonreía como si fuéramos amigos de toda la vida, tenía unos ojos muy bellos y me abrazó sin importarle mi aspecto físico.

El bombero quería llevarme a mi casa. Le dije a mi amiga que vivía cinco pisos más arriba y que podía ir a verme cuando quisiera. Ella me siguió. Quería venir ya. Su madre parecía que iba a prohibírselo, pero no se atrevió.

Subimos a casa. Mi madre no se ha enterado de nada porque sigue escuchando sus boleros. Le pido al bombero que no se lo cuente. Noto que no lo hará, sólo soy un niño, nadie hace caso a un niño. Le miro: es muy fuerte, él es un chico de acero. Aunque la chica del cuarto también me mira como si yo lo fuera, a pesar de que parte de mi cara está sucia y la sangre forma una palabra inconexa en mi frente. Algo parecido a «paz», se puede leer. Me coge de la mano; sabe que tengo miedo de la bronca que me puede caer. Su madre viene detrás, y noto que nada de eso le gusta, pero esa niña tiene valentía y es de las que decide quién será su amigo y quién no. Es otra chica de acero. Me doy cuenta de que quizá, para serlo, tienes que rodearte de gente que posea ese material y finalmente te contagies.

Mi madre tarda en abrir, pero el bombero deja de tocar el timbre y golpea la puerta. Al final de uno de los boleros, nos oye.

Cuando abre, se sorprende al verme. Me hacía en el lavabo, aunque quizá duda de si había bajado a la calle. Le presento a mi nueva amiga, me pregunta dónde la he conocido y le contesto que en un lugar de tesoros que me enseñó la abuela, en aquel lugar que ella decía que se guardaban cosas increíbles.

Entro y llevo a la chica a mi habitación, quiero

enseñarle mi mundo. Mi madre se queda hablando con el bombero. Noto que ella también tiene conexión con él, es la primera vez que siento que es ella misma; tal vez en aquel canalejo también había un tesoro para ella. Desde que soy pequeño no habla con nadie de esa forma. Quizá no necesitaba que aquel bombero me salvara a mí, sino a ella.

Ahora la chica del cuarto y yo somos inseparables. Mi abuela tenía razón cuando decía que a pocos metros, en cualquier dirección, puede estar la solución a tus problemas.

A veces miraba una pared y decía que en el otro lado puede estar la persona que te ayude. La vida es girar pomos o ser capaz de tirar los muros que nos separan.

Era una grande. No sé cómo pudo tener un hijo tan capullo que nos abandonara, aunque quizá la valentía y el coraje se saltan una generación.

Mi amiga me propone que un día nos lancemos juntos por el canalejo. Es buena idea, seguro que encontramos otro amigo y le ayudamos para que no esté solo. Hemos de crecer un poco más para no caernos por allí; seguramente lo haremos el año que viene.

QUÉ BIEN ME HACES CUANDO ME HACES BIEN

LA SOLEDAD ELEGIDA O LA INDEPENDENCIA CONQUISTADA

ALBERT ESPINOSA

> «NO TENGAS MIEDO DE SER LA PERSONA
> EN LA QUE TE HAS CONVERTIDO».
>
> *EL MUNDO AMARILLO*

———

> «ADRIAN».
>
> *ROCKY*
> (ESCRITA POR SYLVESTER STALLONE)

La escena final de *Rocky* es un canto al amor que demuestra que un grito puede ser lo más inolvidable de una película. Entronca con ese otro grito de mujer en *Un tranvía llamado deseo*.

Después del COVID nos sentimos más libres. Fue como si nos quitaran un peso de encima, como si realmente nos hubiéramos librado de la muerte y fuéramos inmortales. La rabia y el dolor del tiempo perdido habían hecho mella en todos.

Muchos decidimos viajar por el mundo, gastar todo ese dinero ahorrado. Los locos años veinte del siglo pasado no tuvieron comparación con la energética década que estábamos viviendo. Nadie dejó de hacer nada que no deseara probar porque la posibilidad de que llegara otro virus, otra pandemia y otro confinamiento nos daba pánico a todos.

Yo fui uno de los que exprimían la vida. Tenía cuarenta y ocho años cuando llegó el confinamiento, así que a partir de los cincuenta y dos me permití todos los excesos posibles. Me sentí liberado, pero también perdí el rumbo. Mi trabajo normal no me apasionaba, no deseaba volver a ser el que era. La crisis de identidad nos afectaba a todos; nos sentíamos diferentes, todos habíamos aprendido muchas cosas durante la pandemia, pero no las mismas lecciones.

Eso se puso de manifiesto cuando estuvimos en plenos picos de la enfermedad provocada por las últimas variantes. Tantos se comportaron incívicamente, tantos decidieron saltarse las normas por su propio ego y por su libertad individual... Os puedo jurar que muchas veces tuve ganas de soltar sopapos o disparar en sienes al ver el menosprecio por la vida de nuestros congéneres.

Tengo un amigo que los llamaba «subhumanos». Tenía razón. Los subhumanos fueron los causantes de que todo se alargara tanto. En China los controlaron con represión, pero aquí, en Occidente, no había manera. La puta libertad individual denigra la colectiva. Y es que hay que diferenciar entre la soledad elegida y la independencia conquistada.

El odio que sentí durante la última ola aún supura dentro de mí. Ver a esos capullos haciendo fiestas, saltándose el toque de queda, yendo sin mascarilla, negándose a llevarla aunque aquella variante era la peor de todas y ya habían caído muchos… Nunca había tenido tanto odio dentro de mí.

Supongo que quise matarlos. Sí, yo, un pacifista total, un dialogante, no podía aceptar tanto menosprecio por la vida de nuestra propia raza.

Durante la pandemia vi sólo películas del Oeste. Aquella ley me parecía fascinante, esos sheriffs que te ponían una estrella, te hacían decir un pequeño juramento y podías impartir justicia. Me parecía tan bello… También me sentía identificado con Michael Douglas en *Un día de furia*: esa rabia que acaba contigo y necesitas extraer el fuego que portas.

Sé que ver aquellos films era sólo una forma de extraer mi rabia. Jamás mataría a nadie; mi parte humana y humanista me lo impediría. Pero cuando mi madre enfermó, cuando entró en aquella uci, cuando no la pude ver morir y supe que una neumonía bilateral se la llevaba porque debían atender a otros que tenían menos edad, mi rabia estalló.

Ya no me callaba. Cuando veía a alguien saltándose las normas le culpaba de la muerte de mi madre. Estaba equivocado seguramente, pero no me importaba. Al fin y al cabo, eran asesinos en potencia, y la sociedad tan sólo les imponía multas de cien euros que muchas veces luego eran anuladas. ¡Cómo se podía ser tan necio!

Fue en 2030, cuando supe que mi odio tendría un canal para sacarlo todo. Sí, tras tantos años de excesos, la sociedad se dio cuenta de que aquello podría volver a pasar y de que era necesario encontrar una manera de controlarlo todo. La gente seguía despreciando a la policía. No se daba abasto para controlar los abusos, a veces producidos por los mismos que debían impartir justicia.

Ese fue el año en que empezaron a buscar «guardianes». Fue una iniciativa global, de todo el mundo, como una manera de purgar la sociedad de aquellos que jamás cumplen las normas. Siempre eran los mismos, y los que antes ponían orden no conseguían acabar con ellos.

Era una medida polémica: elegir a ciudadanos normales, pero con un código ético intachable, que fueran la justicia de este mundo. «Sheriffs de este tiempo», fue lo primero que pensé. Lo mejor de todo era que nadie sabría que lo eras, simplemente tenías la capacidad de acabar con la vida que tú deseases según tu criterio.

Me presenté a esas extrañas oposiciones pensando, como tantos, que quizá yo era la persona idónea. ¿Cómo puede alguien medir tu capacidad ética? ¿Quién puede decidir que la vida de una persona no vale la pena?

Me aceptaron en el curso. Fue uno de los momentos más bellos que he vivido en mi vida. Me encantaban tanto los cursos teóricos como las prácticas. Había cientos y miles de casos, y no preguntaban cómo actuaríamos. Me sorprendió que la gente no entendiese la diferencia o las motivaciones para un comportamiento u otro, y qué estaba bien o mal. Está feo decirlo, pero yo siempre sabía cómo actuar, se podría decir que tenía el código ético perfecto para juzgar a esta sociedad.

Sin saber cómo, lo logré, formé parte de esa primera promoción de guardianes. No dejábamos de ser sheriffs modernos sin chapa que podíamos decidir acabar con la vida de cualquiera que se propasase si éramos testigos de ese abuso. Nuestra palabra era ley.

Si nos cargábamos a alguien, tan sólo debíamos explicar a los policías que éramos guardianes. Lo comprobaban y nos dejaban en libertad automáticamente.

No me lo podía creer. Yo era un guardián, uno de los primeros cinco mil que existían en este mundo. Me sentía fuerte y quería actuar con equidad. Tenía claro que jamás aniquilaría a nadie sin pruebas o si tenía alguna duda.

Pero con los años todo cambió. Nuestro criterio dejó de ser imparcial. Algunos nos dejamos comprar, otros simplemente aceptaron que su juicio había cambiado al tener tanto poder o porque la vida te lleva a verlo todo de manera más laxa y comprender los errores ajenos.

Y por eso sacaron una nueva versión de guardines. Probaron con gente mayor y más sabia, pero no se solucionó nada. En un periodo corto de un par de años, todos acababan corruptos y se perdió el sentido de ser un sheriff imparcial y justo.

Al final encontraron a los verdaderos guardianes. Eran incorruptibles, debían de tener entre ocho y once años. Ser un niño era lo único que suponía un certificado de honestidad. Con el tiempo se dieron cuenta de que también había personas con niño dentro que podían ser sheriff. Esa ingenuidad o esa fuerza del niño en su interior, si la poseías, era símbolo de libertad y de justicia.

Uno de ocho años me mató el día antes de mi setenta cumpleaños. Yo sabía el porqué; él no se comunicó conmigo. Noté en casa que había como un puntero láser que se paseaba por las paredes… No entendí nada. De pronto se posó en mi frente y ese fue mi fin. Fue limpio, perfecto, lo agradecí. Me sentí orgulloso de él; los niños sheriff tenían buen pulso. Por fin la sociedad estaba a la altura, y me entusiasmaba que alguien con la conciencia limpia hubiese acabado conmigo.

Creo que por fin la sociedad puede tener una posibilidad.

QUÉ BIEN ME HACES CUANDO ME HACES BIEN

LA PARTE QUE CREÉ
PARA AGRADAR A MI PADRE ALBERT ESPINOSA

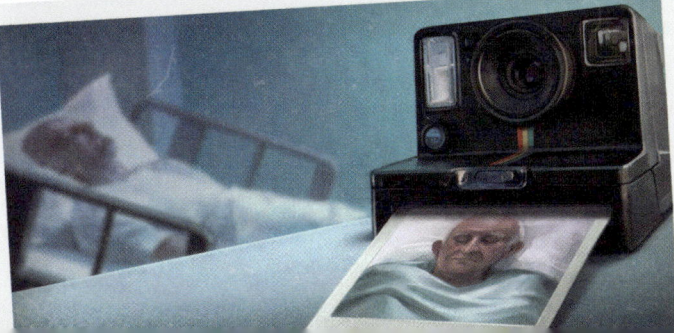

«LA BELLEZA SIEMPRE ENCUENTRA SU CAMINO».

FINALES QUE MERECEN UNA HISTORIA

—

«ESTARÉ SIEMPRE A TU LADO».

E. T.
(ESCRITA POR MELISSA MATHISON)

Ojalá todos pudiéramos tener un amigo tan diferente y fiel como ese extraterrestre. Esa despedida en la escena final no la podremos olvidar nunca. Aprender a perder para ganar es una de las grandes lecciones que se extrae de este maravilloso film.

Había leído que las tres cosas que uno más lamenta antes de morir tienen que ver con el arrepentimiento: no haber tenido la vida que se sueña, no haber compartido todo el amor que se llevaba dentro y no haber perdonado a alguien.

Una vez oí una frase de Buda que afirmaba: «Encallarse en la rabia y el odio es como aguantar una brasa en la boca esperando a poder escupírsela a alguien. Quien se acaba quemando eres tú». Tenía mucho que ver con aquella maravilla de Séneca que decía: «No es que no nos atrevamos porque las cosas son difíciles; las hacemos difíciles cuando no nos atrevemos».

Y esas dos cosas son las que sentía al final de mi vida. En aquella uci, sabiendo que mi final estaba cerca, notaba que no había sido justo con aquel amigo; hacía más de treinta años que no nos veíamos. Me quedaba poco tiempo y deseaba perdonarlo o que me perdonara. No estaba muy seguro de en qué instante estaríamos cuando nos viéramos.

Le pedí a mi hijo que lo buscara, él encontraba siempre todo en la red; sabiendo el nombre y el apellido, seguro que averiguaría si estaba vivo. A los pocos minutos me mostró una foto de un anciano igual de viejo que yo. No parecía él. Era terrible unir aquellas dos imágenes después de ese lapso de tantas décadas, era cruel la vejez en el rostro que recordabas. El tiempo en un rostro sólo pasa en la distancia de los ojos del que no lo ve.

Le pedí que intentara encontrarlo. Mi hijo me preguntó si todavía conservaba el número de su móvil antiguo. Aún estaba en mi teléfono. Mi hijo sostenía que la gente no cambia de número si no es por algo muy grave porque todos relacionan esos dígitos absurdos con ellos mismos y es más intensa la cercanía que con tu DNI o con cualquier otra cifra larga que se supone que te define.

Yo casi no tenía fuelle para hablar… Le pedí que

se comunicara con él y, si realmente aquel número era el suyo, le dijera que viniera a verme. Necesitaba compartir aire con él, no sólo palabras.

Salió fuera; en aquella uci, la enfermera jefe no permitía ninguna llamada. Aunque lo encontrase, temía que no quisiera venir a verme. Al fin y al cabo, no habíamos intercambiado ninguna frase desde aquella despedida en plena calle hacía treinta años. Semanas más tarde de aquel desencuentro, él me escribió un mensaje que todavía recuerdo: «Me cuesta entender tanta decepción. Tú te lo pierdes. Y yo también me lo pierdo. Admitamos que el tiempo y el universo no van a hacer el trabajo por nosotros y nunca más nos encontraremos. Lamentablemente, no somos una novela. Nos perderemos los mejores años del otro. Si hubiese estado lúcido, no te habría soltado ese último abrazo. Pero no lo estuve. No me acordaba de que te quería tanto».

El abrazo del que hablaba era el que le pedí para despedirnos. Pensé que despedirnos pacíficamente lo haría todo menos terrible. Él sostenía que no debía habérmelo dado, o quizá se refería a dármelo, pero no a soltarse después del abrazo.

Yo no contesté a ese mensaje. No estaba de acuerdo en que íbamos a perdernos los mejores años del otro. Ahora, pienso que quizá tuviera razón: los cuarenta, los cincuenta y los sesenta están repletos de desgracias y pérdidas que agradeces poder compartir con alguien que te quiere para superarlos.

No supe nada más de él, y ahora mi fuelle se acababa y necesitaba verlo. No para disfrutarlo, porque mi enfermedad no tenía remedio y estaba muy preparado para morir. Sólo lo sentía por mi hijo; él sí que me necesitaba todavía, pero debería, como todos, matar la parte que había creado para agradarme. Es un proceso lento pero necesario; yo hice lo mismo cuando perdí a mi padre...

En cierta ocasión le dije que quería morir un día que hubiera un cielo azul eléctrico muy bello. Realmente me entusiasmaban tanto ese tipo de días que lo deseaba para mi fin. Quizá por eso él siempre me decía que hacía un tiempo horrible fuera de aquel hospital, lluvioso y gris. No me engañaba en absoluto.

También le pedí que me hiciera una foto cuando estuviera muerto y la mirase una vez al año, no para que me recordase en ese estado, sino para que entendiese lo importante que es vivir y estar vivo. No hay que olvidarlo.

No sé si lo hará, pero si se atreviese le haría mucho bien. Aún recuerdo esa frase que me decía su madre: «Qué bien me haces cuando me haces bien». Siempre me ha parecido que esa sentencia resume a la perfección lo que necesita cualquier ser humano de alguien a quien ama.

Pocas cosas echaría de menos, quizá los mejillones y las buenas películas. Me encantaba cumplir años porque hay muchas películas que las comprendes cuando eres más mayor y te acercas a la edad del protagonista. Recuerdo que la primera vez que vi *Esencia de mujer* tenía la edad de Chris O'Donnell, pero dos décadas más tarde tenía la de Al Pacino. El punto de vista viró y comprendí partes que no entendía. Era lo bueno de las películas: conflictos que ni siquiera te importan porque no los has vivido de repente, en otro visionado años más tarde, los entiendes a la perfección. Echaré de menos el cine y revisar mis películas favoritas mientras me hago mayor.

Muchas veces pasé esas películas a mis pacientes; fui oncólogo durante toda mi vida. Es una profesión de mierda para algunos: eres el odiado por los pacientes, pero yo me especialicé en niños y eso hizo que muchas veces les recetase films que les diesen energía protagonizados por chavales de su edad.

Ver *El otro lado de la vida*, *Todo en un día* o *Solo en casa* te da energía para luchar en cualquier circunstancia. Pronto estaría junto a muchos de ellos, pequeños que perdí y cuyos cuerpos sin vida todavía tenía clavados en esa retina fotográfica que es el alma. Es duro no poder curarlos, pero cuando lo logras te sientes increíble.

La enfermera Esther me acarició la cabeza. Mi fin era inminente. Ella me había amado algunos años; yo hubiera deseado que nunca se hubiera acabado nuestra relación. Imagino que había cambiado su turno para estar cerca de mí.

Mi hijo, River no la conocía, no sabía de la relación que mantuvimos. Fue una infidelidad que tuve cuando su madre estaba viva. Es difícil arrepentirse de aquella relación. Ojalá un día alguien descubra que el amor puede ser a tres bandas, porque las amaba a las dos. Suena egoísta y egocéntrico, pero era así. Cuando perdí a mi mujer, mi mundo se derrumbó y rompí con Esther. Era como que, sin ella, no tenía sentido aquella otra relación. Qué complicados somos los humanos...

Había rehecho mi testamento dos semanas antes. Tuve que cambiarlo varias veces durante mi vida; se me hacía complicado premiar tras mi muerte a toda la gente que me falló. Al final opté por dar pequeños pellizcos a los fieles y el resto a mi hijo. Le amaba tanto, llegó tan tarde... Nunca quise hijos, siempre creí que, cuando mi madre muriese, me compraría un perro y él sería mi fiel compañero, pero el amor se cruzó en mi vida y luego llegó River. Sí, le puse el nombre de esa rutilante estrella de *Cuenta conmigo*. Creo que la alquilé siete veces en VHS. Desde mi niñez algo de River me acompañaba, y le debía devoción porque había construido mis orígenes como cinéfilo. Nunca creí que se drogara. Los fans de verdad nunca pueden creer un fin tan terrible para alguien a quien admiran.

River, mi hijo, sabría sobrevivir, era un luchador nato. Nunca imaginé que su llegada me diese tanta felicidad y un sentido cuando ya había completado mi círculo vital. Ser padre a los sesenta y cinco años te activa de una forma difícil de explicar. Una cosa importante que he aprendido en esta vida es que nunca debes decir jamás y nunca debes tirar un libro, porque un día su temática puede ser básica para tu vida. Mi pasión con la madera es una de esas cosas extrañas que me regaló la vida con los años. Quién hubiera dicho que amase tanto tallar figuras humanas de madera a navaja y cincel, siempre imitar el arte de Henry Scott Tuke, pero en otra especialidad.

Otra cosa que he aprendido es que las tiendas que no visitas porque no te interesan los productos que venden en cierto instante pueden ser vitales porque las necesitas para tu día a día. Y el último consejo es que no puedes decir jamás que de esa agua no beberás, porque te aseguro que el mundo gira mucho, tanto que, si no estás en perpetuo movimiento, te puede pillar a contrapié.

Tuve un nuevo ataque y todos los aparatos pitaron. Pensé que sería absurdo morir y que aquel antiguo amigo me viese cadáver. Necesitaba una escena final a la altura de las películas que tanto amaba, un «Oh, capitán, mi capitán» de *El club de los poetas muertos*, o un «Si lo construyes, él vendrá» de *Campo de sueños*. Quizá mi amigo tenía razón: nuestra vida no era una novela, pero podía ser un buen film.

Aguanté todo lo que pude hasta que los vi entrar. Ahí estaba mi amigo, aquel que consideré durante dos décadas parte indisoluble de mi vida. Tenía la edad de mi hijo cuando dejé de verle.

Me agarró la mano, pronunció mi nombre como sólo él sabía. Cuando años más tarde alguien pronunciaba mi nombre igual que él, tenía que dejar de ver a esa persona; demasiados recuerdos explotaban dentro de mí.

Los dos lloramos al vernos. Él no estaba mucho mejor que yo; presentía que también llevaba muchas batallas encima.

Quise decirle cosas, explicarle el porqué, justificar las razones que llevaron a mi decepción. ¿Y sabéis qué fue lo peor? Que no recordaba el conflicto, ni siquiera habría sabido ubicarlo, entenderlo y darle contexto.

Creo que a él le pasaba lo mismo. Era increíble que no recordáramos lo que nos separó. En cambio, las noches que habíamos pasado juntos, los conciertos, las borracheras, las risas y las confidencias…, todo estaba allí. Lo bueno perduraba sobre lo malo.

Sonreímos y me dejé ir. River abrió la ventana y allá estaba ese cielo azul que tanto había amado. No sé qué tenía esa tonalidad que me daba fuerzas para marcharme en paz.

Supe que mi hijo y él serían amigos, que aquel viejo amigo mío le ayudaría a superar mi muerte y le explicaría parte de la vida de su padre que él desconocía. De alguna manera, le serviría para entenderme gracias a puntos de vista ajenos, y le sería más fácil destruir esa imagen que cualquier hijo crea para agradar a su padre.

Dejé de respirar sin desearlo. Cuando mi alma se deslizaba de mi cuerpo, sentí cómo River hacía la foto. Ojalá aprendiéramos que hay que resolver las discusiones y las rupturas imposibles de solucionar antes de que nuestra marcha sea inevitable.

Ya daba igual. Los conflictos necesitan a dos personas respirando. Siempre hacen falta dos en las mejores cosas de la vida, porque, si no, ¿de qué sirve que tú te lo pases bien pero la otra persona no?

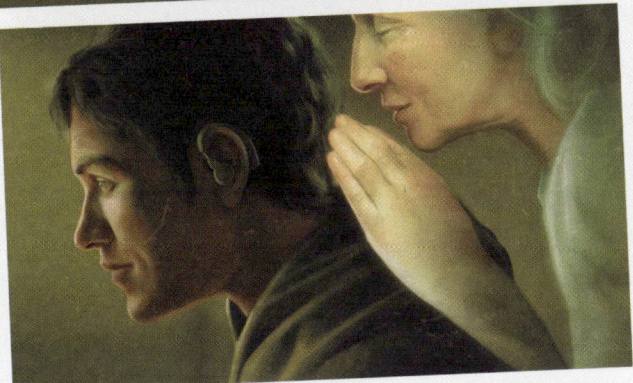

QUÉ BIEN ME HACES CUANDO ME HACES BIEN

ESTAR PERDIDO AUNQUE SIEMPRE ESTÉS CONECTADO

ALBERT ESPINOSA

«BORRA LO QUE PESA PARA SALIR A FLOTE».

LO MEJOR DE IR ES VOLVER

—

MENTIRAS EN EL DUOMO.

ROCCO Y SUS HERMANOS
(ESCRITA POR LUCHINO VISCONTI
Y SUSO CECCHI D'AMICO)

Nunca el Duomo fue retratado más bello, nunca una pareja fue más perfecta y nunca el amor fue tan difícil. Una escena inolvidable recorriendo un increíble tejado en ese blanco y negro que te perfora.

Mi abuela murió cuando yo tenía nueve años. Era mi única familia. No me dejó nada en el testamento, vivía de alquiler y tenía el dinero justo para llegar a final de mes. Ella misma había roto todos los textos que había escrito en su vida porque pensaba que, cuando muriese, nadie daría valor a algo que para ella eran sus pensamientos y que para eso era mejor destruirlos.

Me destinaron a una familia de acogida y lo único que llevé conmigo fue la ropa que vestía y el sonotone de mi abuela. Me gustaba mucho; era plateado, seguramente no era de plata auténtica, pero para mí era especial. Mi abuela siempre lo llevaba conectado excepto cuando iba por la calle: entonces lo apagaba. Decía que la mayoría de las cosas que se dicen por la calle no vale la pena escucharlas y que era una suerte poder obviar tantas sandeces y a tantos ruidosos.

Decía que eran ruidosos porque estaban vacíos por dentro y por eso resonaban tanto. Me gustaba la forma que tenía de ir por la calle y obviar a tanto ruidoso. La echo mucho de menos. En cada lugar de acogida al que voy noto que no me quieren; sufren por mi suerte, pero poco más. La gente no tiene empatía, mi abuela sí que tenía.

Tengo trece años. Cada día pienso que voy a tener poca suerte en el mundo porque nadie se ocupa de mí. Es decir, me dan de comer esos padres adoptivos, no me pegan y en el colegio me educan, pero no me aconsejan. Nadie se responsabiliza de mí, ni me alecciona ni me construye una personalidad. Mi abuela sí que lo hacía. La echo tanto de menos…

He cumplido dieciocho años. He escogido una carrera sencilla y estoy trabajando en una hamburguesería. No está mal ninguna de las dos cosas, salgo con una chica que me gusta suficiente, pero sigo pensando que estoy sin rumbo. Son como bocados para subsistir.

Ayer cumplí veintitrés años. He acabado la carrera; no me sirvió de mucho. Creo un poco en Dios, poco; mi abuela no creía en nada. Estoy con otra chica y parece que la relación que tenemos es seria de verdad, aunque no siento mucho amor. Trabajo en algo que no me entusiasma, pero me pagan mejor que en la hamburguesería. Hago de tasador de pisos, no está mal el trabajo, aunque la mayoría de las veces tropiezo con bancos que buscan subir el precio del piso, con gente que se quiere separar o con herencias en las que desean bajar el precio. No es muy agradable, casi siempre hay mucho mal rollo y desencuentros, pero me ayuda a pagar las facturas. Sigo sin saber a qué dedicarme en la vida. Es como si escupiera en muchas direcciones y el viento me devolviese mi esputo…

Hasta esa noche en que todo cambió. Hacía treinta años que mi abuela faltaba y decidí no sólo acariciar el sonotone como hacía las noches que me quedaba en vela sino que lo puse en mi oreja izquierda y lo encendí. Me quedé dormido con él conectado y de repente la oí. Aquella noche, mientras estaba dormido, la oía en mi oreja izquierda como si no se hubiera marchado: me susurraba lo que debía hacer. Era increíble, todas mis dudas e incertidumbres empezaron a solucionarse.

A partir de ese día todo comenzó a funcionar para mí. Cada noche ponía en marcha el audífono y dejaba que mi abuela me hablara y marcara el rumbo de mi vida. Sus consejos eran increíbles y siempre acertaba. Por la noche era como si hablara con alguien que tenía las respuestas a mis preguntas, se preocupaba por mí y me creaba una nueva personalidad.

Mi suerte cambió, a los cincuenta era feliz, encontré el amor en aquella chica aparejadora que siempre me hacía los planos de los pisos. No me había fijado en que le gustaba tanto, pero mi abuela me lo hizo ver. Enseguida tuvimos gemelos, deseábamos tanto tener niños… Yo no lo sabía, pero mi abuela sí.

Cambié de trabajo y, aunque no ganaba tanto, me entusiasmaba trabajar con niños que, como yo, habían tenido la desgracia de quedarse solos. Se me daba bien, sabía escuchar, y mi abuela me aconsejaba cómo ayudarlos cuando dudaba. Formábamos un tándem perfecto.

Eso sí, conectaba el audífono todas las noches y le cambiaba las pilas muy a menudo porque no deseaba perder esa conexión celestial.

Con los años, cada vez me surgían más preguntas, pero ya no tenían que ver conmigo, sino con dudas que me acechaban sobre la vida y sobre cómo funcionaba el mundo. Y de repente noté que otras voces se unían a la de mi abuela, voces de gente muy inteligente, muy empática y muy humana que mi abuela invitaba a esos sueños nocturnos.

Einstein y Wilde eran algunos de los que más asiduamente acudían; formaban un trío fabuloso con mi abuela. No sé cómo los convencía, pero era apasionante escuchar sus opiniones y ver cómo despejaban mis dudas.

Como podéis imaginaros, todo esto no se lo había contado a nadie, ni siquiera a mi familia; temía que no me creyeran. Era mi pequeño secreto. Con el paso de los años pasé a llevar el audífono puesto todo el tiempo porque no deseaba perderlo; la gente me gritaba un poco por la calle cuando me hablaba, pero ya me había acostumbrado.

Mientras envejecía, tuve que hacer frente a muchas pérdidas, pero ahí estaba mi sanedrín de grandes sabios para ayudarme y aconsejarme.

Cuando llegué a la edad de mi abuela, sentí que me quedaba poco y supe que tenía que dar un sentido a ese sonotone; no podía simplemente dejar que me enterraran con él y no quería destruirlo porque las siguientes generaciones no fueran a darle valor.

Estuve pensando mucho tiempo en cómo dar utilidad a ese pequeño objeto mágico que me había ayudado tanto. Se me ocurrieron personas a las que regalárselo, pero de repente lo tuve claro: un buen día me iluminé y supe lo que tenía que crear. Fue un trabajo arduo, pero finalmente lo logré, me dejé en él toda la energía y el dinero que me quedaba.

Pocos días antes de morir, inauguré un teléfono de la esperanza. Todo estaba electrónicamente ideado para que sólo trabajase mi audífono. Había logrado crear un teléfono gratuito para ayudar a cualquier persona del mundo que tuviera problemas y estuviera desesperada: las mentes más brillantes del universo la atenderían.

Los que llamaban no sabían, pero las mentes más increíbles que ha dado el ser humano estaban a su disposición. El público potencial era muy amplio porque la mayoría de la gente estaba siempre conectada pero muy perdida. Aquel invento era perfecto, funcionaba sin ningún humano, hablabas con un sonotone conectado a los más brillantes.

Disfruté viendo cómo llegaban las primeras llamadas y cómo esos maravillosos sabios los ayudaban. Sentí que mi vida tenía sentido. Nadie sabría jamás con quiénes hablaban, todo mi dinero iría para que aquello funcionase durante décadas. Me sentía completo, y me dejé ir.

A los pocos días de morir, mi abuela me invitó a participar en mi propio proyecto. No era yo una mente sabia, pero ¿qué importaba? Podía ayudar, y eso es lo más importante en esta vida.

QUÉ BIEN ME HACES CUANDO ME HACES BIEN

DESWIND

ALBERT ESPINOSA

«UN PROBLEMA ES SÓLO LA DIFERENCIA
ENTRE LO QUE ESPERAS Y LO QUE OBTIENES
DE LAS PERSONAS Y DE LA VIDA».

LOS SECRETOS QUE JAMÁS TE CONTARON

———

BATALLA DE HORMIGAS.

HORIZONTES DE GRANDEZA
(ESCRITA POR JAMES R. WEBB,
SY BARTLETT Y ROBERT WILDER)

Inolvidable esa pelea a puñetazo limpio que demuestra que somos pequeños e insignificantes. Un *western* de los de antes que te transporta con la maestría que siempre tuvo ese grande que fue William Wyler.

Él era autista. Tenía siete años cuando se perdió en aquella playa enorme durante un día caluroso de julio. Bueno, en realidad se había escapado porque no le comprendían; estaba muy cansado de que no le entendieran. No era de esos autistas que son buenos en matemáticas o que tienen gran memoria. Él casi no hablaba, excepto cuando se ponía nervioso o tenía miedo. Sabía que lo encontrarían enseguida, pero quería pasar lo que pudiera del día en total libertad.

Ella tenía ochenta y dos años. Padecía alzhéimer, aunque no lo sabía; sólo recordaba cosas borrosas y decía «*deswind*» de manera repetitiva. No sabía dónde iba ni quién era, pero no podía dejar de caminar. Ignoraba que el GPS que su hijo había puesto dentro de uno de los dos muñecos que ella siempre llevaba encima delataría que aquella noche había recorrido diez kilómetros. Es curioso, te pueden quitar todos los recuerdos pero dejarte unas piernas de acero.

Él disfrutó mucho en esa playa. La gente era amable y, cuando veía que se iban a nadar, cogía todo lo que necesitaba: un poco de dinero para comer, ropa de su talla y algún juguete. Le parecía lo correcto porque él lo necesitaba y ellos tenían de más.

Ella sólo caminaba, sabía que tenía que ir a algún sitio. Hacía mucho calor. Llevaba esos dos muñecos que todo el mundo miraba y que ella cuidaba como si fueran sus bebés. Su marido no le había dejado hacerlo con sus niños, y ahora los cuidaba a su manera, con buenas palabras y con cariño. Tenía que seguir caminando. Quizá él reapareciera y quisiera educarlos. Siempre lo veía en todas partes, vestido con su camisa blanca.

Cuando se hizo de noche, a él comenzó a no gustarle tanto la escapada. Hacía frío en aquella playa, así que se adentró en la ciudad. No le gustaba tanto ruido, y menos aquel hombre que le hablaba tan cerca y le preguntaba si quería ir a su casa para llamar a sus papás. Olía raro y le miraba extraño. Se escapó corriendo; aquel chaval decía pocas palabras pero tenía buenas piernas.

Ella se estaba comenzando a cansar. Los muñecos pesaban. No paraba de decir «*deswind*». Siempre lo repetía mucho cuando se ponía nerviosa. No sabía por qué, la calmaba. A veces lo conjugaba y decía «*deswinear*» o «*deswinwind*». Pocas variaciones más.

Él no paraba de correr. Siempre repetía como un loco «*deswind*» cuando se sentía inseguro. Comenzaba a estar harto de aquella situación; sabía que necesitaba cariño y comprensión.

Ella lo encontró sentado en un banco, agotado. «*Deswind*», decía. «*Deswind*», repitió ella. Tiró los muñecos a la papelera. Ya no le hacían falta. Había encontrado a uno de verdad que la necesitaba, y ella amaba cuidar a otros. Le abrazó. Él nunca se dejaba abrazar, pero aquella mujer le entendía y comprendía su «*deswind*». Era la primera vez que le ocurría.

Se fueron juntos. Se sentían felices y completos como si se hubieran donado energía, ambos pletóricos. Y es que hay donaciones distintas a dar sangre o partes del cuerpo. Puedes no pertenecer a la misma familia pero donar a otra persona felicidad, alegría, empatía y ternura. Y así se sentían ambos. Estaban preparados para encontrarse.

«*Deswind*», dijeron al unísono más de un centenar de veces mientras partían hacia lo desconocido. Parecía el mismo concepto repetido, pero tenía miles de matices, y se comunicaban con una sola palabra. Y es que hay unos pocos que no necesitan más.

EL CAMINO A CASA

ALBERT ESPINOSA

«LA TRADUCCIÓN ES EL ARTE
QUE NACE DEL FRACASO».

SI NOS ENSEÑARAN A PERDER, GANARÍAMOS SIEMPRE

———

CONSEJOS SOBRE CÓMO ENVEJECER
CON DIGNIDAD.

THE GUARDIAN
(ESCRITA POR RON L. BRINKERHOFF)

En la escena en que le dan consejos a Kevin Costner sobre cómo envejecer con dignidad, es fabulosa esa conversación sobre que envejecer es un premio: significa que la vida te ha regalado muchas cosas y debes entender que cada arruga y cada dolor traen consigo experiencias únicas. Increíblemente dialogado e interpretado.

El día en que llegaron los seres de otro planeta fue inesperado para todos los humanos. Sucedió un lunes de agosto. Estábamos viviendo la peor ola de calor que se recordaba, Londres había llegado a los cincuenta grados centígrados. Era una locura total, aunque desde la pandemia todo había ido a peor, todos estábamos demasiado desquiciados, y quizá el calor que sentíamos lo provocaba el ardor de nuestro odio. Nunca había habido más guerras, más problemas económicos y menos empatía.

Ese día en que nadie quería mirar al cielo para no asarse aún más al estar unos centímetros más cerca del sol, ellos aparecieron. No venían a acabar con nosotros, sólo deseaban ayudarnos porque vieron que estábamos al límite y sin duda lo lograron. El día en que su líder habló con el líder del país dominante de nuestro planeta fue la retransmisión con más espectadores que se recuerda en toda la historia.

Ellos eran jóvenes y tenían el rostro casi transparente. Nos hablaron de sus logros, de sus miedos, de sus problemas, y fue como si nos pusieran un espejo delante. Vimos que habíamos fallado como civilización; sus costumbres y sus formas de afrontar las dificultades como sociedad eran inmensamente mejores que las nuestras. Era como si en todo estuviéramos en la prehistoria. Nuestras creencias, nuestras formas de organizarnos y hasta la estructura diaria de nuestra vida era absurda. Su música, su cine y todas sus artes nos llevaban siglos de adelanto, pero también la forma de comunicar sus contenidos, emocionar y tocar una fibra que desconocíamos que poseíamos.

Creo que aquel día todos tomamos conciencia de cuánto teníamos que aprender; deseábamos acompañarlos a su planeta para entender lo que sus palabras nos transmitían.

Recuerdo que mi abuelo siempre me decía que nunca olvidara el camino a casa. Llamaba así a ese trayecto que haces desde el colegio hasta tu hogar, unas veces solo, otras acompañado, y que casi siempre te marca como persona. Yo le hice caso desde pequeño. Amaba todos sus consejos, y os puedo asegurar que, a mis cincuenta años, cada día pienso en ese camino a casa: allá estaban mis primeras emociones, el descubrimiento del mundo en solitario, las miradas que escondía de amores no correspondidos y hasta la emoción por formar parte del mundo. Mantener vivo en ti el camino a casa es como no dejar de ser niño jamás y que todo te siga sorprendiendo.

Mi abuelo me decía que tampoco olvidara nunca que los bichos suelen picar al invitado, que la sangre nueva es un incentivo porque lo desconocido atrae a todos los seres del planeta. En su hogar siempre había lugar para la gente que conocía. De pequeño yo pensaba que era por lo de los mosquitos, cuando crecí supe que era por lo desconocido: le encantaba el néctar de la curiosidad ajena.

Le eché tanto de menos cuando se marchó… Entonces tenía yo doce años y recuerdo que eché a volar al cielo una cometa… Fue estúpido, pero mientras bajaba andando, de vuelta a casa, haciendo ese camino tan repetitivo pero tan bello, pasé cerca de la suya y lancé al cielo aquella cometa que tenía escrita una frase: «Vuelve conmigo, sin ti no sabré volver a casa solo». Y la cometa voló y desapareció de mi vista tan rápido que sentí como si alguien deseease poseerla.

Os cuento todo esto porque esos seres jóvenes y casi transparentes invitaron a mil personas a ir a su planeta, a acompañarlos en su camino de vuelta a casa. Y yo me postulé, e increíblemente, después de diez entrevistas con seres transparentes, me aceptaron. No sé si porque deseaban que no les picaran los bichos o porque vieron en mí una pasión que les gustó, deseaban que fuéramos como discípulos capaces de explicar su mundo a los nuestros cuando volviéramos.

Y en aquella nave que olía tan bien, rumbo a un viaje que sólo nos llevaría sesenta y cinco días, sonreí como nunca lo había hecho. Os puedo asegurar que lo más bello ocurrió al partir: mientras la nave se elevaba, justo antes de salir de mi planeta natal vi aquella cometa inmortal que un niño esperanzado había echado a volar. Se la veía gastada, quedaban pocas letras en pie... «sabré volver a casa», ponía ahora, y supe que, de alguna manera, mi abuelo sabio, que me enseñó el camino a casa, me daba la oportunidad y la bendición para marcharme.

Uno de los seres más jóvenes y más transparentes se sentó a mi lado y me sonrió. No tenía idea de su edad ni su sexo, pero me sentí acompañado y supe que no me abandonaría en esos sesenta y cinco días de viaje. Y es que el camino a casa siempre se ha de recorrer acompañado.

Y con cada estrella, con cada galaxia que dejábamos atrás, me contaba sus experiencias, lo que aquel lugar o aquel otro le había marcado. Lo mismo que hubiera hecho yo con cada tienda o cada calle de mi niñez.

Supongo que el camino a casa siempre fue el camino desde el lugar donde te enseñan los conocimientos al lugar donde los has de aplicar. Y en este caso sentía lo mismo pero con la diferencia de que debía volver a aprenderlo todo de nuevo. Debía ser transparente para absorberlo todo sin prejuicios.

El día que ellos llegaron, todo cambió en nuestro planeta… El día que nosotros llegamos al suyo, pasó lo mismo… No hay nada como un espejo, como otra civilización, para darte cuenta de tus errores y tus aciertos… Advertí en muchos de aquellos ojos transparentes que deseaban recorrer el camino a nuestra casa. Todo lo que tiene valor en esta vida es cíclico.

QUÉ BIEN ME HACES CUANDO ME HACES BIEN

LUGARES QUE NO QUIERO PERO NECESITO

ALBERT ESPINOSA

«LO QUE PERDIMOS EN EL FUEGO RENACERÁ EN LAS CENIZAS».

FINALES QUE MERECEN UNA HISTORIA

———

«SI LO CONSTRUYES, ÉL VENDRÁ».

CAMPO DE SUEÑOS
(ESCRITA POR PHIL ALDEN ROBINSON Y BASADA
EN LA NOVELA *SHOELESS JOE*, DE W. P. KINSELLA)

Es increíble esa hermosa frase y ese bello instante en que un hijo recupera a su padre a través del sueño, y la imaginación de construir ese impresionante campo de béisbol. Recuperar el tiempo perdido en otra época para continuar con una relación que se truncó por un malentendido absurdo.

Querido escritor:

Los años no te hacen más inteligente, son las experiencias las que te curten y te hacen más sabio, y así consigues no tropezar con las mismas piedras. Esas rocas siguen existiendo, pero logras rodearlas.

Siempre he sido una solitaria. Mis amigos se fueron juntando y teniendo hijos. Luego sus hijos fueron creciendo y mis amigos se quedaron un poco solos, como yo; sólo pospusieron su soledad.

Siempre he pensado que el tiempo te devuelve lo que eres, aunque durante una temporada logres disfrazarlo con acciones egoístas.

Hay personas que no crean familias propias sino que se

vuelcan en la que nacieron. Hermanos, madres y padres son su gran mundo. Cada problema se lo toman de forma personal. Y no han creado una familia porque ya viven en una que les llena.

Tampoco ése es mi caso. Las familias, las propias o las creadas por uno, son complicadas e incendiarias. Tengo amigos que han conseguido dinamitarlas enteras en una sola tarde. Basta una frase fuera de tono, un reproche bien colocado para que salte todo por los aires.

Quizá por ello no me gustan las familias; son muy volátiles. El pasado en común es pasto de las llamas gracias a las malas conciencias. Los problemas y los conflictos que creas con años de convivencia se convierten en pasto seco que un día puede arder con una frase explosiva.

Durante un tiempo pensé en adoptar. Me gustaba la idea de unir mi vida a la de alguien que fue abandonado o que había sufrido una gran pérdida. La vida ya le habría demostrado que una familia te puede decepcionar, así que no tendría el listón muy alto.

No lo logré. Decidieron que no sería buena madre. Ojalá existiese ese mismo criterio para otros que conozco que han tenido hijos y no saben educarlos; deberían haber escuchado en la voz de un tercero que no eran idóneos.

No recuerdo cuándo logré salir de la depresión que casi me consumió. No, no os hablaré de ella; las depresiones ajenas son muy aburridas. Salí de ese pozo oscuro. Además, cuando lo relatas, es como si te asomaras nuevamente al borde del vórtice, y le tengo demasiado respeto para acercarme.

Nadie me ayudó, nadie. Supongo que pensáis que me lo merezco, por no cuidar de mi propia familia ni crearme una nueva.

Tal vez tengáis razón, o tal vez mis amigos y conocidos estuvieran demasiado ocupados para ayudarme. Sus vidas y sus familias los tenían absortos.

Con los años he descubierto que si no has logrado grandes amigos de los quince a los veinticinco y no has cimentado esa amistad con experiencias únicas, en un futuro los deberás comprar.

No me refiero a comprar amistades, sino a ofrecer alicientes: trabajos, hobbies en común, regalos y experiencias que normalmente vienen de serie. Espero explicarme: lo que quiero decir es que la amistad verdadera se nutre del contacto continuo desde la juventud.

Cuánto se desaprovecha la juventud… Llega tan pronto y la valoras tan poco… Amé mi infancia, fui muy inocente. Me entusiasmó mi juventud; intenté probarlo y sentirlo todo.

Luego todo se repite y, si no tienes un anclaje en el mundo —familia, amor, hobbies, trabajo o pasión—, es difícil no perder el rumbo y la cabeza.

Amo las pasiones. Con una pasión, lo tienes muy fácil en este mundo. Ojalá tuviera alguna. Ayudar a otros, coleccionar sellos, luchar contra el cambio climático, orar o follar. Todo esto te ancla, hará que no te pierdas a no ser que pierdas la pasión.

Yo no tenía nada de eso. Bueno, lo tuve, pero una depresión provocada por una persona hizo que todo se volatizara y dejara de ser importante.

Me di cuenta con los años de que la gente se ennegrece, casi siempre por supervivencia. Cuando les contaba mi problema, me respondían que problemas tenemos todos.

La gente es tan absurda... Comparaban su instante vital momentáneo complicado con mi enfermedad mental paralizante. Eran problemas de dos calibres diferentes. No digo que lo mío fuera peor que lo suyo, sino que lo mío era real y lo suyo una posibilidad.

No me cabe duda de que el mayor problema de este mundo es el gran número de personas que existimos. No porque no haya oportunidades para todos, sino porque cuantos más somos, más salen defectuosos. Y cuando hablo de «defectuosos» no me refiero a minusvalías o carencias físicas o mentales, sino a agujeros negros.

No puedo con ellos, son egoístas, te roban la energía y te ridiculizan sin ningún tipo de castigo. Los agujeros negros se juntan y tienen más agujeros negros. Desean vencerte, humillarte, y su egoísmo es tal que o te conviertes en un agujero negro o no puedes con ellos.

Sí, me engañaron en temas amorosos, que es lo que más escuece y lo que más te come el cerebro, porque recuerdas lo que prometieron y lo que posees ahora. Lo que oíste y lo que te cuentan. Era obvio. Creí que me querían y acabé descubriendo que jamás fue así.

Cuando salí de esa crisis, fue como cartografiar nue-

vamente mi mundo, reconocer a esos agujeros negros y saber lo complicado que es dejar que la gente entre en tu mundo.

Podría hablarte de las causas de esa ruptura y de la posterior depresión, pero todas las motivaciones son semejantes. Engaños, terceras personas y mentiras, en eso se resumiría.

Para salir del agujero tardas más o menos tiempo dependiendo del número de mentiras, de la cantidad de terceras personas y de cuántos engaños hayas recibido con relación a cuánta confianza y amor depositaste. Si amaste mucho y te engañaron más, el pozo será enorme.

Lo superé, no sé ni cómo, pero te aseguro que la persona que salió del hoyo no fue la misma que la que entró.

Durante los meses posteriores me seguí comportando externamente como era, pero dentro de mí crecía una persona por completo diferente.

Suena «Dance to the End of Love» de Leonard Cohen mientras te escribo, mi amado escritor. Creo que es ideal para lo que te voy a contar.

Estoy agotada de ser buena. Por eso deseo acabar con aquellos que han acabado con este mundo y conmigo.

Albert, espero que entiendas por qué te escribo esta carta. Tú me diste la idea con uno de tus últimos libros, Lo mejor de ir es volver, *y has sido la chispa para canalizar mi ira.*

Gracias a ti, Henry Troy, el protagonista del libro, vive en mí. No sé si estarás leyendo esta carta. Cuando te la di en aquella firma la dejaste encima de la mesa, pero no estoy segura de si las destruyes antes de coger el AVE hasta tu casa.

Simplemente te mando esta carta para que sepas que deseo matar, que acabaré con la vida de otros si no me paras, si no me dices que no es buena idea. Sabré que no estás de acuerdo si en tu próximo libro publicas esta carta sin explicar nada, como un relato más de tus libros. Lo podrías titular «Lugares que no quiero pero necesito». Creo que es un título muy tuyo. Publícala y no lo haré, no mataré a nadie, aceptaré tu decisión, pondré mi vida, su muerte, en tus manos.

¿Puede un escritor salvar la vida de tanta gente publicando un cuento que no es suyo? Ahí tendrás el dilema.

Te quiero, sigue escribiendo.

GARA

QUÉ BIEN ME HACES CUANDO ME HACES BIEN

GAZANIAS HUMANAS

ALBERT ESPINOSA

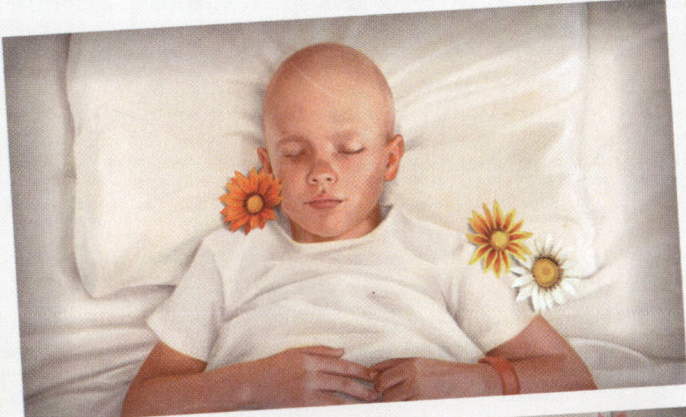

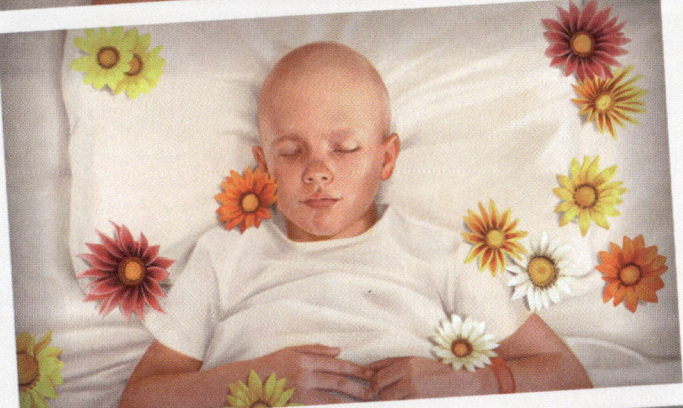

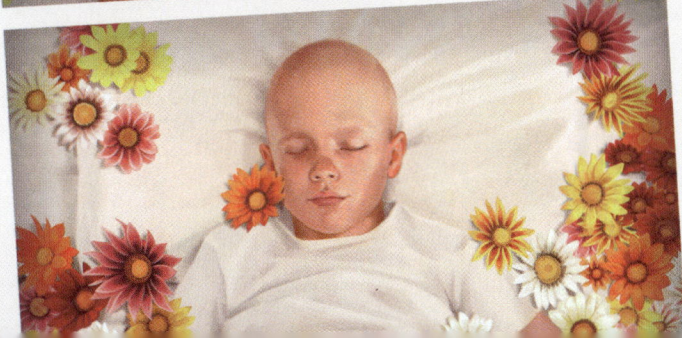

«EN ESTE MUNDO DE CODAZOS,
RECORDEMOS QUE SOMOS VOCES, JAMÁS ECOS».

LA NOCHE QUE NOS ESCUCHAMOS

———

«NO PUEDES SER LO QUE SOY
SIN VIVIR MI VIDA».

TOP GUN: MAVERICK
(ESCRITA POR PETER CRAIG)

Qué momento tan increíble cuando Tom Cruise cuenta que es imposible enseñar a alguien a ser el piloto que es, porque no es lo que sabe sino las experiencias que ha vivido. Un film que es un canto a aceptar la edad que tienes.

Tres días para el final

Me llamo Lucas, tengo once años y sé que moriré antes del día de Navidad. Mi médico, que estudió Ingeniería y Medicina, no falla. Me lo ha dicho porque cree que merezco saberlo. Yo se lo agradezco. No me miente, y eso da mucha confianza.

Quedan tres días y no tengo miedo. Muchos de mis amigos han muerto, y fueron valientes para aceptar su destino. Tampoco yo puedo dejar de serlo.

En mi mesita tengo un buda pequeñito que se tapa la cara con las manos y ríe. Siempre ríe. Me lo regaló un compañero de habitación días antes de que muriera, hace ya años, para que recordara que todo tiene un punto positivo, que de todo nos podemos reír. Siempre que lo miro me río porque me imagino a mi amigo riendo. Buda bien podría ser un niño con cáncer, un pelón más con sentido del humor.

Sólo pienso una cosa: en estos tres días que me quedan, deseo encontrar el amor. No, no el mío, yo soy un niño, pero sí el de mi madre, el de mi padre y el de mi hermano. Mis padres están separados por mi culpa; empecé con el cáncer a los ocho años, y eso puede con cualquier relación, no hay más. Bastante hicieron estando tres años juntos. A mí me quieren, pero ellos no se aman. No pasa nada, entiendo que la vida es así.

Mi hermano, de diecinueve años, tiene el complejo del hermano del niño con cáncer. Mis padres no le hacen ni caso, por eso él hace «maldades», tonterías de adolescente, pero noto que desprecia a la gente. Es su manera de llamar la atención y que sepan que existe. No sabe que no hace falta, lo recordará todo el mundo como el hermano que sobrevivió, el hijo que quedó con vida.

Quiero que encuentren el amor para que no estén solos. No hay más. Quiero que, al menos durante tres o cuatro años desde que muera, el amor esté en la vida de todos ellos. Ha de ser un fogonazo que los atrape en estos días que me quedan y les permita seguir adelante. Que esta Navidad no la pasen solos y este fin de año, aunque sea duro, no sea el peor de su vida.

Tengo mi pequeña lista de personas para ellos. No conozco a mucha gente, pero sí la suficiente para encontrarles el amor. En mi pequeño mundo hay enfermeras, doctores, celadores, pacientes y visitas. No está mal. Llevo horas haciendo de cupido, un cupido calvo que puede provocar muchos encuentros. Deseo esmerarme.

Sé que a mi madre le gustan los hombres educados; lo ha dicho muchas veces. Sé que a mi padre le gustan las chicas que sonríen; también suele decirlo. Y a mi hermano aún dudo de si le gustan los chicos o las chicas; le he visto mirar pectorales y pechos con la misma pasión.

Estos días intentaré provocar encuentros fortuitos, miradas, conversaciones…, y quizá se produzca el fogonazo. No tengo mucho tiempo. Mi corazón se parará pronto, lo dijo mi médico matemático. Es como si el tumor rodeara mis arterias y mi cuerpo tuviera que rendirse. Pero no importa: lo lograré.

Dos días para el final

No ha resultado como esperaba. He tenido que tachar mis primeras propuestas, y eran mis favoritas. El problema es que los tres están tocados y hundidos, sólo piensan en mí y en mi desaparición. Yo creo que he estado bien, he provocado esos encuentros esporádicos, pero ellos no han prestado atención a otras personas. La pena los consume.

Para mi madre tenía un doctor supereducado que es capaz de entender cualquier radiografía, por complicada que sea, y un celador que siempre me trata con cariño cuando me transporta de un lugar a otro. Pero ella ni los ha mirado; sólo tenía ojos para mí.

Para mi padre, una enfermera amable, que yo creo que de pequeña llevó ortodoncia porque tiene la mejor sonrisa que he visto, y una paciente que sólo tiene dolor de espalda y que me invita a merendar cada tarde. Pero a mi papá no le han sacado ninguna sonrisa.

Pensaba que con mi hermano tendría mejor suerte. Le presenté a una visita que viene todos los días a ver a su padre. Es un chico muy bello, y parecía que congeniaban, pero al rato mi hermano pasó de él. Luego le presenté a la fisio que a veces me ayuda a respirar y que a mí me parece bellísima, pero pasó tres cuartos de lo mismo. Creo que autodinamita todo lo bueno que tiene cerca y me da la sensación de que será así durante bastante tiempo.

Supongo que necesitaba más tiempo; mi médico tenía que haberme dado el diagnóstico final antes. A veces pienso que quizá su predicción falle, pero me encuentro tan mal cada hora que pasa que creo que mis anticuerpos se están rindiendo antes de lo previsto.

Por la noche le cuento todo mi plan y noto por primera vez que mi médico se rompe. Creo que le emociona que ese pequeñín al que no puede salvar ame tanto a los que se quedarán y desee su bien.

Presiento que querría decirme que tengo más tiempo, pero no sabe mentir. Mis analíticas no mienten, y seguramente mañana seré historia.

Le abrazo. Me gusta que no me mienta.

El día de mi muerte

Me despierto tocado, noto que no puedo respirar. Miro al buda pequeñito que ríe y me hace reír, aunque eso me consuma minutos.

A primera hora de la mañana están los tres rodeándome. Me gustaría contarles mi plan, pero no quiero que pase como con mi médico, los amo demasiado para ver en su rostro esa especie de condescendencia hacia mí. No sé bien qué es la condescendencia, pero se lo escuché decir a algunos amigos que se fueron y no es nada bueno.

Paso ese día en la cama, mi fin está cerca. Me gusta la Navidad y no pasaré de la Nochebuena. Una amiga mía que ya se fue, y que creo que podría haber sido todo para mí porque sentía algo extraño cuando estábamos cerca, como un temblor en el esófago, me dijo que los niños que morimos nos convertimos en estrellas. Sé que es mentira, pero a veces pienso que a lo mejor nos convertimos en ángeles..., eso sí que me gustaría. O quizá en sirenos..., eso sería muy bonito. O en ángeles sirenos..., eso ya sería la bomba. Y que volamos hacia las estrellas..., eso ya sería estupendo.

Antes de las doce de la noche noto mi final y de repente siento que lo que deseo se cumplirá. Un anestesista viene a ponerme morfina; es muy educado durante todo el proceso y veo que mi madre le mira; siento que algo surgirá entre ellos. La forma en que conversan, la manera como ha cogido a mi madre la mano para explicárselo todo. Algo surge, lo noto.

Mi padre está llorando. Nunca le he visto hacer algo semejante. Cuando me han puesto la morfina, no me mira, pero sé que llora. La nuca de una persona cambia cuando esta se rompe.

De repente la máquina del suero que me va inyectando la morfina ha pitado y han llamado a alguien de mantenimiento. Ha venido una mujer que tiene una de esas sonrisas que vuelven loco a mi padre. Sabe hablar con las máquinas y creo que también con los humanos. Ha mirado a mi padre sólo un segundo, pero he notado la química, la fuerza y la energía que se ha creado entre ellos. No hay duda de que esa sonrisa nace de su corazón alegre que nunca pierde la esperanza.

Mi hermano pide a mis padres que le dejen unos

minutos conmigo a solas. Quiere decirme algo. Siento que hará broma (le gusta chincharme), pero no es así. Me dice que quiere alquilar un barco y hacer lo que le pedí años atrás: que tirara mis cenizas cerca de Menorca, lejos de la isla pero lo suficientemente cerca para que yo pudiera ir nadando durante años; bueno, yo no, mis cenizas.

Me enseña fotos de embarcaciones y es como si me mostrara ataúdes con velas. Me fijo en una en concreto: el chico que la vende… es muy «todo» ese chaval, no sabría decirlo de otra manera. No creo que mi hermano haya tomado esa foto sólo por la barca; en el resto únicamente salen los veleros. Me gusta ese chico, y creo que a él también, pero quizá no lo sepa. Le digo que ese velero en particular es perfecto. Él está de acuerdo. Le pido que sea ése. Él me lo promete y me dice que llamará ahora mismo para que nadie se lo quite.

Escucho de fondo que mi padre conversa con la chica que arregla máquinas para niños que se marchan, mi madre escucha al anestesista que me da un final feliz mientras mi hermano entabla el primer encuentro con el chico que proporcionará el velero para mi final.

Por fin lo he logrado. No se trataba de hacerlo en vida, sino que sería mi muerte la que portaría todo eso que necesito para seguir mi camino. No hay duda de que las cosas más potentes de la vida traen de todo: felicidad y tristeza. Los sentimientos poderosos son bipolares.

Me muero, pero miro al buda pelón y sonrío con él. Ojalá me convierta en un sireno, medio buda, medio ángel, que siempre sonría y que vuele hasta las estrellas.

Veo que al lado del buda hay tres gazanias. Son mis flores favoritas porque sólo viven cuatro años, pero, si sabes cómo reproducirlas, vuelven a nacer. Así son los sentimientos profundos.

Me voy, pero sé que mi amor ya ha hecho injerto en otras personas. Sé que ellos estarán bien acompañados.

Epílogo

Deseo muchísimo que hayáis disfrutado con estas veintidós historias. Es como cerrar un círculo de relatos cortos. Como habréis averiguado, algún personaje hace doblete y aparece en un par de cuentos y alguno de algún libro se cuela y logra encontrar otro final. Me hace ilusión completar la trilogía de relatos cortos; es como cerrar una etapa.

Ojalá os entusiasme tanto este como el próximo libro que escribiré y que tiene como base un par de historias de esta trilogía. Es un bello ejercicio hacer ese trasvase, y me encanta cuando todo se relaciona.

Tengo la sensación de que hacía tiempo que no disfrutaba tanto explorando otros géneros y dando forma a historias que necesitaba explicar y que debían hacer el viaje de la idea al relato.

Gracias de corazón por estar siempre tan cerca y por contarme lo que significa en vuestra vida cada libro que he escrito. Escribir se ha convertido en necesario para mí. Esta cita anual es como una conversación necesaria entre vosotros y yo.

Os quiero, lectores. Vendrán años muy buenos, no tengáis miedo. Estamos cerca de recuperarlo todo y encontrar a personas y energías nuevas, y podremos volver a gritar a pleno pulmón: «Qué bien me haces cuando me haces bien».

ALBERT ESPINOSA
Barcelona, marzo de 2023